U0621510

创美工厂

颓败与重生

スクラップ アンド ビルド

〔日〕羽田圭介 著

王星星 译

中国友谊出版公司

图书在版编目（ＣＩＰ）数据

颓败与重生 ／（日）羽田圭介著 ；王星星译. －－ 北
京 ：中国友谊出版公司，2017.1
　ISBN 978-7-5057-3943-7

Ⅰ. ①颓… Ⅱ. ①羽… ②王… Ⅲ. ①长篇小说－日
本－现代 Ⅳ. ①I313.45

中国版本图书馆CIP数据核字(2016)第326883号

著作权合同登记号 图字： 01-2017-0128号

书名	**颓败与重生**
著者	[日] 羽田圭介
译者	王星星
出版	中国友谊出版公司
发行	中国友谊出版公司
经销	新华书店
印刷	北京鹏润伟业印刷有限公司
规格	787×1092毫米 32开
	6.25印张 78千字
版次	2017年10月第1版
印次	2017年10月第1次印刷
书号	ISBN 978-7-5057-3943-7
定价	39.80元
地址	北京市朝阳区西坝河南里17号楼
邮编	100028
电话	(010) 64668676

版权所有，翻版必究
如发现印装质量问题，请与承印厂联系退换

言下意总在故事外

2015 年的两部芥川奖作品《火花》与《颓败与重生》，都是很好看的小说，都有一种越过文字的穿透力，得见生命的滑稽与哀伤，欲望和力量。

搞笑艺人又吉直树凭《火花》获得芥川奖，一时间名声大噪，引得日本媒体热议，粉丝惊喜，仿佛搞笑艺人写出了纯文学，甚至得奖，是十分不可思议之事。其实，优秀的搞笑艺人多"根暗"，即外表无厘头搞笑，实则内向阴郁，并因而拥有丰厚的内心世界。又吉直树的同行，也是搞笑大腕且曾高居畅销书榜首的作家松本人志在随笔集《松本的遗书》中写过，什么样的人方可成为有水平的搞笑艺人或者作家？最重要的是"根暗"，因为这样的人内心容易建立自己独立的世界。

又吉直树这部描写底层艺人生活的《火花》，讲述的是搞笑艺人德永邂逅比他大四岁的先辈艺人神谷，被神谷超越常识的鬼才吸引，二人成为互相鼓励但始终挣扎于底层的艺人。十年后二人都离开了艺人世界，一个进了普通公司，一个靠借贷度日。其间各种搞笑故事，满满的是对人之滑稽无奈的悲悯和自嘲。

与又吉直树同期获得芥川奖的羽田圭介则是一位极有天赋的作家，他出道很早，少年成名，17岁时就凭一部小说《黑冷水》获得 2003 年度第 40 届文艺奖，成为当时获得文艺奖最年少的作家。此后，他勤奋创作，笔耕不辍，写出不少优秀作品，近年来连续获得芥川奖、野间文艺新人奖、大薮春彦奖提名，2015 终于斩获日本文坛纯文学"标杆性"的大奖——芥川奖。他的获奖作品《颓败与重生》描写老人护理问题给家庭带来的种种困扰，深刻反映日本社会老龄化的现状与诸多矛盾，个人认为比《火花》更有深度，更好看，更耐人寻味。对于即将步入老龄化社会，而且未富先老的中国人来说，阅读此书更有可能产生同理、同情、同忧之心。当下日本社会老龄化的困境，很可能明天就会来临，我的同胞们，你们准备好了吗？

《颓败与重生》，写的是 28 岁的失业青年健斗与 87 岁的外祖父的故事。健斗原本与母亲生活，近来外祖父搬来同住。健斗每天在家自学，备考行政书士，并在网上投递求职信等待面试机会。母亲出去打工了，家里只剩祖孙俩。每天，健斗忍耐着外祖父频繁来往于厕所与卧室的拐杖声。每天，外祖父嘟囔着"真想死啊，真想快点死啊"。

《颓败与重生》，可说是两个世代之间的心理攻防战，正反映了日本社会眼下的矛盾与困境：经历了泡沫经济奢侈期并能拿充裕年金的老人，生在泡沫经济破灭后生活窘困的青年，护理与被护理，年轻健硕与行将末路。新旧交替间的迂回攻守，落在日常点滴，折射尴尬人性。

以为外祖父真的活够了，健斗开始实施从做护理工作的朋友那里学来的方法，看上去无微不至的关照，实则是剥夺老人的自理能力。健斗想不落痕迹地帮助外祖父实现早死的愿望，但在这个过程中，健斗逐渐发现自己误会了老人的意图。

外祖父对不喜欢的食物说"太硬咬不动"，一转身却将更硬的点心吃个精光；健斗从外归来，开门瞬间只见黑暗中外祖父"嗖"地从客厅回到卧室，并不需要拐杖；去日托老人院接外祖父，目睹他苍老的手贪婪地亲近年轻女护士的肌肤；外祖父独自泡澡险些在浴缸中无法起身，健斗去探望并将外祖父救出浴缸，外祖父一个劲地道谢。种种迹象终于让健斗看到，在无数次念叨"不想活了"和老人貌似了无生趣的日常生活之下，是外祖父强烈的求生欲望和本能。

2015年的两部芥川奖作品《火花》与《颓败与重生》，都是很好看的小说，都有一种越过文字的穿透力，得见生命的滑稽与哀伤，欲望和力量。

杜海玲

日本《中文导报》资深记者

颓败与重生

スクラップ・アンド・ビルド

1

　窗帘与窗框的缝隙间漏入白光。

　健斗把被子直拉过头顶，在一片昏暗中打了个大大的喷嚏。他今年患上了花粉症。六叠[①]大房间的门与通风口明明闭得紧实，杉树花粉却还是钻了进来，引发了身体过度的免疫反应。健斗伸手去拿床头的纸巾，视线里再次映出一片发白的微暗空间。该是早晨了吧。然而不久前，自己被拐杖拄地的声音唤醒时，入眼的光景也如眼下一般。还是说，先前的记忆其实是昨天早晨呢。健

---

　① 叠：面积单位。六叠即指六个榻榻米大的面积。普遍来说，一叠约为 1.65 平方米，从实用面积上看，一叠约为 1.62 平方米。但在日本不同地区，一叠的具体大小也有所不同。

斗捋清零零散散的时间记忆，确信那无疑也是今天的事情。他看了看钟，时间是上午十一点半。

走出朝北的六叠居室，过道对面的房间关着门。今天周二，不是日间护理日，日光灯也没开，觉不出一丝人气。健斗走过玄关和浴室，进了起居室，然而这里也不见一个人影。明明身处同一屋檐下，外祖父却除了走路外再不发出其他声音，灯也不开，好像并不存在一般。健斗也是最近才习惯了他的烦闷。餐桌上放了个饭团，是去上班的母亲事先做好，留给外祖父中午吃的。起居室与隔壁的房间都透过朝南的落地窗采光，房内正是一天中最暗的时候。正对着窗的斜坡传来马路上的各种噪声，不知道还在不在下雨，反正刚才还下着。健斗打开灯，眼睛被突如其来的光线晃了晃。他打了个喷嚏，擦了下鼻子，坐在人造革的沙发上。今早的一沓报纸和宣传单还没人碰，就那么放在矮桌上。左右没事可做，就先瞄瞄报纸好了，健斗想。外祖父像是对自己的闲人身份有自知之明一般，在未经一直住在这里的母亲与健斗同意前，他什么事都不会去做，这种空有一副躯壳的样子令健斗感到没劲。健斗打开电视，接近无声的空间里响起女人的说话声和电子音乐声。电视里正在放减价促销广告，广告放完后，顶着一堆莫名头衔的时事评论员们又说起话来。打开电视还不到一分钟，视觉、听觉就被搅得乱七八糟。这种感觉对辞职以来生活节奏乱了套的健斗来说，俨然成了良药，能令他切切实实地感受到早晨的存在。

健斗原本就有慢性腰痛病，大概是因昨天演奏会上出卖体力的临时兼职，他的腰痛愈加严重，坐着都难受。辞职七个月以来养成的睡回笼觉的习惯大概也不太好，使他又患上了头痛。健斗拿过那沓报纸和传单，随意躺在沙发上。他只浏览了报纸的电视栏目和社会版面，之后又翻了翻色彩丰富的宣传单，最后看到一张黑白印刷的纸。那是自治会发放的宣传单，呼吁老人注意开车安全。不到一个月前，在开放入住已有四十年的新市区内，健斗居住的多摩住宅区附近发生了一起事故，一位八十多岁的女性驾驶的小型汽车失去控制，撞飞了走在人行道上的三个行人，车也猛撞在住户的院墙上。三个行人中，一名小学女童死亡，余下两人受伤，驾驶者本人也身受重伤，陷入昏迷，被送入了医院。那一日，全国的新闻都报道了这件事。

　　健斗用冰箱里做好的饭菜对付过早饭，把空气净化器开到最大，然后再次躺回到沙发上。腰已经够疼了，眼睛和鼻子又深受杉树花粉所扰，再加上头痛症状，健斗无法投入行政书士①的备考学习，那需要高度集中的注意力。上网、看电视电影等耗费眼力的事情也没法做，腰不行，又不能运动。这么一来，健斗能做的事实在太过有限。要是见见人，大概多少也能忘掉身体上的不适，然而小他四岁的交往对象亚美今天也要去奥特莱斯商场

---

　　① 行政书士：日本的一种职业，为个人或公司制作、提交各种需要上报政府机关的文件材料，代办多种手续。包括车辆登记、公司营业许可、签证更新等。

里的 DC 专卖店上班。每隔几小时，上厕所的外祖父挂着铝制拐杖的声音就会响起。健斗的睡眠变得轻浅悠长，不过他已经睡足了九个半小时，因而也并没什么睡意。

只能无所事事打发时间的生活简直是活生生的地狱，健斗想。毕业后从事汽车经销的五年时光中，为处理各种纠纷四处奔走，被有好感的异性给予无情对待，等等，那些有着实实在在辛酸与痛苦的日子反倒更有意思。

就没什么事情是我这个不顺到极点的人能做的吗？看着电视的健斗想道。痒痒的，如同罩上了一层薄膜般模糊的视野里，数字画面却异常清晰地蔓延至屏幕四角，过多的信息量看得健斗难受。健斗关掉了电视。随之而来的寂静中，外公的形象在健斗脑海里闪过。外公过去还时常看看相扑直播，现在也基本不怎么看了。健斗站起身。如果和这个同样无所事事的人说说话，自己的时间也算用到了正经地方。

健斗敲了敲外祖父的房门，没等回应就走了进去。

他一眼就看见躺在铁管床上的外祖父，外祖父把整张脸望向他，像是准备起身。堆了好几层的被子只在中间有个一米多长的突起，看不出是盖在一个成年男性的身体上。

"早上好。"

听到健斗的问候，外祖父慢腾腾地动起身来。健斗没有过多理会，他走到窗边，把只拉了一半的粉色遮光帘左右拉开。不开灯可以说是为了省电，但窗帘都不拉开，只会让房间更加憋闷。健斗用指尖掀开蕾丝窗帘，向外望去。透过这个房间，只能俯瞰到停车场与栅栏那边的轨道，连马路上的噪声都听不见，也无从知道外面有没有下雨。窗边一角的学习桌上铺了些像是整理到一半的衣服。桌子与铁管床间隔了个书架，书架的上下层还放着一些三年前出嫁的姐姐留下的从小学到大学的书本，中间是外祖父放进去的各种药物和零碎物件。姐姐走后，外祖父住进了这个家里。他带来的东西大都是药和衣服，光是衣服就装了三个行李箱。

外祖父挪开堆得翻不了身的被子，坐起上半身，慢慢把穿了袜子的脚放到地板上。惯常一脸苦相的老人抚着腰，嘴里还一边嘟囔着什么。他的脊背弯成一道圆弧，没了S形线条。

"你今天不出门吗？"

"嗯。昨天去做了兼职，今天是在家学习的日子。"

"啊，是这样啊。"

外祖父说着，把抚在腰间的右手放到左肩揉起来。

"肩膀很酸吗？"

外祖父穿了好几件深色的棉质长袖和半袖，颜色像是特意选的，很不起眼。棉质的繁复套装太重了，穿起来大概会让他的肩酸更甚。母亲买的毛衣和羽绒服，外祖父从来都不穿，他不理解利用空气层保温的科学思想。外祖父是向来如此，还是后来才变成这样的呢？只与他一起生活了三年的健斗自然无从知晓。更何况与外祖父的真正交流是始自七个月前，那时健斗辞去了业务繁重的二手车经销工作。

"很冷吗？"

"你只穿了一件？"

健斗点点头，他上身只穿了件知名服装连锁店出的新质地圆领长袖 T 恤，下面穿了条衬里抓绒的冲锋裤。三月上旬还很冷，但在室内，穿这一身也足够了。健斗打了个喷嚏，用放在枕边的纸巾擦了擦鼻子，然后靠着有门的那面墙坐下来，面向外祖父。

"我不觉得冷。"

"是吗。"

"您也太怕冷了，整天净念叨着冷啊、腿疼啊什么的。"

外祖父揉完肩再揉小腿肚的动作，还有嘴里念叨的话语，每隔几小时总会反复上演。

"您是不是到夜里三点还睡不着，好容易要睡了，又被母亲叫起来吃早饭。"

"我白天睡过了，晚上当然就睡不着了啊，我又不用工作。"

"可您白天也没睡啊。"

外祖父常常只是一脸苦相地躺着，没有半点要睡觉的意思。他在睡觉这件事上总是十分顽固。

"唉，我身上每天都疼……一点办法都没有，身体越来越差。就没一件好事。"

外祖父弓着背，皱着眉，两手在眼前合十嘟囔道。健斗有种感觉，外祖父已经油尽灯枯了。

"快来接我走吧。"

健斗想起了"高丽屋"，那是一家歌舞伎商号。中学三年级的一次课外活动上，健斗与朋友们看了他们家的表演，之后还一直津津乐道。听着外祖父口中念叨过好几百次的内容，健斗毫无反应，只直直地看着他。

"我每天都这么祈祷着。"

来这儿之前的四年时间里，外祖父是由住在埼玉的舅舅接到自家照料的。要是让他听到外祖父用幽微的声音说出这种话，肯定就会温和地加以劝慰，让外祖父打消念头。兄妹五个中间，舅舅是不是与身为虚无主义者的母亲最为相似呢。总之，健斗完全没有像他们一样劝慰外祖父的想法。然而，即便是对着健斗这个清醒的看客，外祖父还是继续说着需要人劝慰的泄气话。

"我啊，还不如早点卧床不起，住到医院里去呢。"

此前，听到外祖父说身体不舒服，健斗总会开车送他去综合医院，还有内科、整形外科等各种专业医院，来来去去有几十回了。然而除去两次紧急住院，无论到哪里检查，外祖父身上都没查出攸关生死的大病。目前常去看病的这家医院说，外祖父只要吃最基本的保持循环系统功能的药物就行。也就是说，就八十七岁的年纪来看，外祖父已经算是十分健康的了。

"给你和你母亲添麻烦了……真是对不住。我还不如死了的好啊。"

外祖父皱着眉，用瘦小的手揉着全身各处，身上发散出真实的悲切。数月前，卧病在床的外祖父眼下出血，直到现在右眼还视物模糊，助听器稍有不灵，他就什么都听不见。然而不管怎么检查，都只能得出他有原因不明的神经性疼痛这个诊断。也就是说，这种只有本人才了解的、主观上的痛苦与不适感真是十分强烈。外祖父承受着现代医学完全没法缓解的痛苦，他的健康检查一切正常，看来今后还能再活一段时间。而必得跨越的那道死亡之门，还离他很远。

"便秘得厉害，上厕所都只能小便。"

"早饭吃了什么？"

几分钟的惯常对话过后，健斗去起居室吃了点市场上买来的抗过敏药，回到自己的房间。他打了个大喷嚏，气压随即变动，有那么几秒，右耳鼓膜变得不大对劲。一个哈欠让它回复了原状，但那种不适感仍残留在耳内。就算没法学习，上上网还是可以的。健斗这么想着，就打开了笔记本电脑，但光亮的液晶屏反射出荧光灯的光线，引得眼睛再度发起痒来，还不到五分钟，健斗就关掉了电脑。

实在无事可做。睡在床上是能让腰舒服，但刚起床没多久，要睡也睡不着。健斗又去翻手机里的短信，查看有没有还没回复的信息，但这件事也不过几十秒就完成了。他打着喷嚏躺下身，难以相信在眼睛、鼻子、腰全都不舒服，也无人探访、天气恶劣、无心散步的当下，自己竟没办法做任何一件二十八岁的正常人能做的事情。昏暗的室内，他能做的只有看着头顶白色的天花板。健斗想换个让腰更舒服的姿势，于是翻身侧向左边，那里也有白色的壁纸。

健斗忽然想到——

对外祖父那发自灵魂深处的呼喊，自己一直以来是不是总在敷衍以对，听过便罢。

如果自己也变成外祖父那个样子，日夜躺在床上，只能盯着白色的天花板和墙壁，晨昏中辗转彷徨，连白天断断续续的入睡醒转都意识不到；如果一切毫无好转的迹象，身心不断忍耐，到头来却只能等死，自己也会如外祖父那般，希望早点解脱吧。

健斗想到，一直以来，自己在与外祖父的交往中总是以自我为中心，未曾体会过外祖父的诉求。自己没给家里交生活费，却占据了家庭与亲人间的孝孙这个位置，沉湎在帮助了弱者的满足感中，完全没有听进外祖父这位弱者发出的声音。

健斗未以真心去理解外祖父喋喋不休的求死声音。

门对面传来拐杖拄地的声响，外祖父该是要去卫生间吧。拐杖底端虽然包裹了橡胶，声音还是不可避免地在家中响起。外祖父以极缓慢的步伐行进在昏暗的过道里，以防摔倒吃痛。这样的外祖父，曾经还尝试过畏惧痛苦的人选择安然离世的唯一方法——服药自杀，不过最终未能如愿。那一次，外祖父被紧急送入医院。约两个月的住院期间，外祖父完全泡在了药罐子里，身体愈加虚弱。然而，在养护性诊费降低的当下，想要再次住院疗养却并非易事，即便真能住院，待不了多久还是会被送回家来。这就意味着，外祖父不能把卧病在床，服药过多而使身心逐渐衰弱，最终走向死亡的希望寄托在专业医师身上。

行走在房间与卫生间之间不足五米的路程上，外祖父那为了杜绝疼痛产生而慎之又慎的拐杖声仍然入耳可闻。这段距离对他原来如此遥远。

没有痛苦和畏惧的平静死亡。

一无所知的自己是否真能帮助这位极度渴求有尊严地死去的老人？

外祖父已经走过了八十七年，在他生命的最后阶段，能够帮助他实现殷切愿望的人也只有自己了，健斗想。

2

　　结束了面试，一身正装的健斗正去往新宿。主动辞去汽车经销的工作后，健斗先是备考建筑师资格考试，后来又改换成行政书士考试，期间一直是自学，没报任何辅导学校。此外，他每个月还会参加一两次与学业无关的企业招聘活动。然而在应届生就业形势都十分严峻的当下，没有企业会雇用一个出身三流大学，还在一个转行困难的领域待了五年的人。

　　健斗在新宿附近消磨时间，没花半分钱。下午两点钟的时候，他与亚美在 LUMINE 购物中心的三层会合了。亚美在店外随便看了看橱窗商品，什么都没买，他们随后一起去歌舞伎町。两人都住在父母家，新宿和八王子各有两家他们常去的情人旅馆。坐电车去八王子那边的情人旅馆会绕远路，因此，只在有一人能开家里汽车的时候，他们才会去那边。

进了房间，还没过免费时长的二十分钟，射精完毕的健斗筋疲力尽。他把脸对着亚美那小巧身材上罕见的丰满乳房，像个很有女人缘的男人般说道："有人陪伴入眠的时光才是最快乐的啊。"意图掩盖自己的持久力不足。

"你袜子上沾了点东西。"

健斗坐在床上穿牛仔裤时，亚美说道。健斗看了看脚底，只见右边袜子上沾了些柔软的东西。是团黏在一起的饭粒，薄薄的，有十日元硬币那么大。会把半勺饭都撒到地上的人，也就只有外祖父了。这双袜子是亚美送的情人节礼物，品牌是健斗十分喜欢的 TAKEO KIKUCHI。

"真是的……"

六点钟前，两人平摊了房费，离开旅馆。在一家家庭餐馆吃罢晚饭，他们又去了位于新宿三丁目的一家连锁咖啡店。咖啡店二层靠窗的位置有比家庭餐馆更棒的风景和氛围。在这里，亚美常常大发牢骚，健斗自己也会大放厥词，这是两人间的固定节目。亚美不喝酒，因此健斗没有太多花费。除去上班时攒下的些微积蓄外，健斗还参加了老年性黄斑变性新药的疗效验证实验，住了十七天院，赚了五六万日元，偶尔还会有一次性兼职的收入。因此，即便已有七个月不工作，健斗还是能负担得起一般的游玩费用。

一杯饮料喝了将近两小时，之后两人往车站走去。路上，他们迎面遇见一位身穿正装、个子高挑的超级美女，健斗的眼光追逐而去。等他回过神来，就看到亚美正不高兴地噘着嘴巴。

“像我这样的，终归只是个丑女啊。”

亚美话里有话。健斗虽然感到头大，却还是一路走，一路安抚起她来。亚美长相平庸，是健斗在朋友的户外烤肉聚会上结识的。或许是因为女性荷尔蒙分泌过多，亚美总是善妒而自卑。过了检票口，亚美看都没看楼梯和自动扶梯，就先往优先给残疾人使用的升降电梯走去。健斗一言不发地跟着她。

京王干线在调布站上分出一条京王相模原线，乘坐这条线行过漆黑的多摩川后，窗外的景色就会发生翻天覆地的变化。白天的时候只能看见大片的绿地和住宅区。小学五年级时从市中心搬来的亚美说，她当时看到眼前的东京一下子呈现出田园风光，还感到十分惊奇。健斗早亚美两站下了车，他爬上平缓的坡道，向着多摩高地住宅区走去。八十多岁的妇人开车轧死小女孩的地方还放着几把花束。做汽车经销工作时，健斗接触过好几个站都站不稳却还坚持不肯出售自家车的老人。在公共交通网络发达、没车也能过上便利生活的东京，那些老人连家电尚不能运用自如，却仍然坚持自己开车，车身上也不贴老年驾驶的标志。

回到家，母亲正在餐厅里吃饭，外祖父坐在沙发上吃桃子。外祖父不能吃肉，也不能吃稍微硬一点的蔬菜，就更多地吃一些软而甜的食物。看到外祖父啃咬得汁水都滴到地上，健斗不禁想起他被弄脏了的袜子。在家庭餐馆时没有放开大吃的健斗坐到母亲身旁，吃起剩下的晚饭来。

"健斗妈，帮我放下盘子吧。"

外祖父伸手递出吃完了的盘子，母亲立马不耐烦地咂了咂嘴。

"不是说好了自己放到厨房的嘛，别老指望我。只想着轻松省力，可别到时候连床都起不来。"

惹母亲不快的外祖父低着头，不情不愿地站起身，左手拿盘，右手拄着拐杖，缓慢地向厨房走去。这一幕每星期都要上演几次。外祖父身体状况不算特别糟糕的时候，母亲总会鼓动他白天多在家里走动走动，自己做一些康复训练，以防卧床不起。但外祖父连从沙发、餐厅到厨房的两三米距离都不愿走动。康复训练平时还会做一做，走动就怎么都不愿意了，和那些常去健身馆锻炼身体、平常却连楼梯都不走的人如出一辙。

"健斗妈，这药还是得吃吧？"

外祖父打开装药的袋子，对着母亲问道。

"别乱来，那药不吃也行。"

"健斗，能麻烦你端杯水来吗？"

"别找健斗！你自己去倒！"

"用不着这么生气嘛……"

看着眼前小声哀诉的外祖父，母亲不禁皱起眉头。对外祖父借着血缘关系而无限度推诿要赖的行为，她日积月累的焦躁不耐烦正不断逼近顶点。健斗的父亲在他上小学二年级时就猝然离世了，因此他也只能想象般地认为，当生活重心转移到照顾年事已高的父母亲身体时，父母与子女间的关系恐怕会变得比姑嫂关系还要险恶。

公寓的房贷早用父亲的保险金还清了，当了一辈子农民的外祖父也有养老金可拿，迈入花甲之年、今年起就成为返聘员工的母亲每月也能拿二十二万的薪水。这就意味着，对如何安置外祖父这个问题，家里的经济情况是允许有其他选择的。母亲已照看了外祖父三年，一旦母亲承受的压力突破了临界点，她应该就会立马去办入住手续，把外祖父送进长崎的养老院。

"外公，今天要泡澡吗？"

健斗问从厨房回到沙发上的外祖父。

"今天没流汗，不用了。"

除却没有实质意义的对话，健斗平日要做的就是开车送外祖父去医院或助听器店，以及非日间护理日的时候，在外祖父泡澡时打打下手之类。寒冬天冷，外祖父经常要泡澡，但像今天这样，在母亲和健斗两人都能帮上忙的日子里，外祖父却常常不泡澡，直接就去睡觉了。只在两人都忙得脱不开身的情况下，外祖父才会以天冷为由，坚持要泡澡，说白了就是想给他们添乱。说是打下手，其实根本用不着为外祖父清洗他那泡在水中、生殖器形如处理过后的东洋参般下垂的身体，只要在洗浴前后看着外祖父就行。也因此，健斗不禁怀疑是否真有帮忙的必要。然而健斗最近了解到，正是基于老人死于家中的事故最常发生在洗浴前后这一点，看护人员才要保证老人在洗浴过程中不出差错，全国范围内也才甚少发生看护机构内的老人在洗浴时突发意外的事故。这就意味着，在周一、周二、周三的日间护理日，外祖父不会在洗澡时发生意外。

健斗又自然而然地想到，外祖父在家泡澡时，自己总是不假思索地听从他的要求，把水温调得很高，又预先把更衣室的气温调到最低。然而这种举措其实相当于间接杀人，最重要的是，这使得外祖父远离了理想中没有痛苦的安乐死一途。

吃完桃子喝完药，不去泡澡的外祖父坐到沙发上，把眼光投向电视里的综艺节目，然而却看得毫无反应，没多久就低下头去，小声嘟囔了句"看不懂"。老人的眼睛没法消化高清数字画面。与外祖父同住之前，健斗一直认为，近来的电视节目若是能给身体不便的老人们带来娱乐，也还是有其存在意义的。然而如果连这些老人都因为视力不佳、大脑信息处理能力低下、难以长时间维持观看姿势等原因而不看电视的话，那这些节目又是为谁而做的呢？

"我在这儿碍着你们的事了，还是回房去吧。"

"死老头，有个什么事都要唠唠叨叨……"

母亲瞪着拄着拐杖、走向昏暗过道的外祖父说道。母亲说话声不小，不过只要不正对着外祖父说，他就不会听见。外祖父的耳朵就像个单向麦克似的，这倒不是因为他听力衰退，而是由于对语言的处理能力衰退了。

"这老家伙，明明可以不用拐杖，还非得故意拄着给我们看呢。"

母亲操着普通话骂道。据母亲自己所言，她说脏话是受了儿子健斗的影响。因为健斗把外面的粗口带回家中，身为母亲的自己才变成了现在这个模样。

　　为了帮外祖父实现有尊严地死去这个愿望，健斗在房间里上网查了查相关信息。网上有一些讲述疲于照顾老人的经验人士如何令老人死亡的信息，但几乎所有的事件主人公最后都落得个触犯故意杀人罪的悲惨下场，健斗想找的可不是这些。世界上有那么多老人，社会的信息化程度如此之高，就这样还是找不到现实可行的、能帮助老人安稳离世的方法。弃老山①不复存在，即便移民到允许安乐死的国家，施行安乐死也必须具备当事人罹患不治之症，本人自愿安乐死以及医生同意施行的条件，门槛十分之高。不断给外祖父吃不必要的药物，让

――――――――

　　① 弃老山：今冠着山，跨长野县千曲市与筑摩郡东筑北村两地。"弃老山"这一说法有多种来源，其一源自日本的弃老传说。老人到了六十岁，因无法劳作，又给家庭、社会带来负担，因此要由子女背着，遗弃到深山里自生自灭。

他住院或常去医院应该是最现实的方法，但健斗不具备医药知识，也没有相熟的医院。不过，健斗也并非毫无所获，至少在网络信息的教导下，他学到了一些医药及法律知识。

思绪陷入僵局，健斗干脆起身去了外祖父的房间。白色的荧光灯下，外祖父卷起睡裤，正往两腿上涂着什么东西。外祖父不干农活已有十年之久，一年到头又只穿长裤，几乎不怎么外出走动，他的腿泛白而肿胀，像是胖胖的青春女孩拥有的腿一般，有一种奇异的光润感。

"腿真痛啊，还干得难受。"

外祖父就是这样，靠在全身涂满聊胜于无的凡士林和外敷药来绝望地熬过每个无聊的夜晚。真的很痛苦吧，健斗想。自己发现得太迟了。

"今晚肯定还是睡不着。"

在腰骨中间的发黑突起处附近，外祖父涂上的是有异于腿上用药的另一种药。碰到不好涂的地方，他也绝口不提要健斗帮忙。这副不愿被剥夺自己尚且可做的、为数不多的日常事项的样子，与不愿把盘子拿到厨房的态度迥然不同。

"我现在这个样子，还不如早点死了的好。"

位于半坡上的这座四层小楼没有装电梯。看护人员来接外祖父的时候，外祖父得抓着扶手，自己慢慢下楼梯。要是在楼梯上纵身跳下，二楼到一楼的高度已足以致人死地。除了楼梯，附近也不乏其他一些通往冥界的入口，像高地、电车轨与马路的交叉口、河流，等等。只要有勇气熬过一瞬间的痛苦，外祖父完全可以在不做任何事先准备的情况下迈向死亡。

"您会慢慢好转的。"

作为孝顺子孙，健斗要承载的使命，就是为外祖父另辟一条可供缺乏勇气的老人行走的死亡道路。

3

　　周五下午三点过后的家庭餐馆，坐在里面的全是学生与老人。女服务员走过来，收走了健斗吃完的汉堡套餐餐盘与大辅的冰激凌餐盘。大辅夫妇二人住在父母家里，近段时间以来，全家人每天吃的都是母亲做的咖喱乌冬面。这种生活差不多是从健斗早午饭连着一起吃的时候开始的。母亲与几个朋友去了市中心游玩，外祖父一人留在家中。比十几年前逼仄了些的可吸烟座位上，抽着烟的大辅一脸烦恼缠身的表情，与中学时的他别无二样。因为这个，原本长相不错的大辅上到高一就不再长个子了。他与健斗自小学高年级时起，一直往来至今。

　　"有人走了，我得替着上夜班什么的，真吃不消。"

从本地一所与健斗不同的三流大学毕业后，大辅进
了养老看护行业。他在目前就职的养老院工作了整整四
年，拿到了护理员的资格证。

"只要有一个人辞职，许多看护技巧就跟着没了。
专职的护工，八个里面要是有两个辞了，养老院得花上
两三年时间才能恢复到之前的运营水平。"

"那个辞了职的后辈干什么去了？"

"去了热海，还是做护工。那里最近正在发展社会
福利事业，接连不断地建造容纳能力强的养老设施。这
样既能把关东一带给家庭造成负担的老人就近赶到一
处，又能促进当地年轻人的就业，对老人和年轻人都有
好处。"

上大学时，健斗曾经和朋友们开车去过热海。健斗
生活的地方是位于东京西南部的新城，离相模湾很近，
走高速去热海要不了两小时。

"要建造养老创收型城镇啊，可真是……"

"市中心以外的地方都是这样，养老产业取代了以前的房地产和道路建设。日本现在除了灾后修复，已经没有空地盖房了。然而老人却一直都有，还在不断增加。"

　　"你们要早点生孩子，遏止少子老龄化。"

　　"这话该我说，你和亚美还可以奉子成婚嘛。"

　　"我可不行，现在还待业呢。"

　　"我也不行，我不过就是个护工。"

　　"但你们夫妻俩都在挣钱啊，而且又住在父母家。"

　　在收入不敌工作艰辛的护理行业，像大辅这样有四年以上工作经历的男性似乎十分稀有。大辅从前总是半开玩笑地说，像他这样的人，有很多都是和愿意与伴侣共同工作挣钱的女强人一起生活的，看来能长久干这一行的男人都得是很受女人欢迎的人。从小学时代起，大辅就常常受到各种女人的关心照顾。

　　"要真的做到你说的这事，剥夺被看护人的行动能力可能是最现实有效的办法，不过这样比较费时。"

"不用增加用药量什么的吗？"

"人一旦骨折，使唤不动身体了，全身和大脑都会急速退化。肌肉、内脏、大脑、神经都是联动的。就算不让人骨折，至少也要给他施加过度的护理，剥夺他的行动力，这样那些用不到的机能就会衰退，他的全身也会慢慢虚弱。现在的看护流行从无障碍到设置障碍，你可以反着来，把你外祖父需要的护理项目由三项增加到五项。"

确实如大辅所说，刚出院时的外祖父几乎什么都不能做，痴呆症状也十分严重。相对地，回到家里后，母亲和健斗尽管甚少出手帮忙，却比劳力的看护人员还觉得心累许多。然而，外祖父的身体和精神却有了一定程度的起色。

"但是呢，这对帮忙的一方来说也是场赌博。如果老人虚弱得不足以致死，看护工作就会比现在麻烦得多，家里照料的人压力就更大了。要是没下定决心，你可千万别这么做。"

　　话里的意思是，要做就要一口气做到底，速战速决。

　　"健斗，你有信心做成这件事吗？"

4

　　房间外的争吵声唤醒了浅眠中的健斗。

　　"别去工作了，在家给我做个伴……"

　　外祖父孱弱却全力扯开的叫声过后，拐杖点在地上的声音传了开来。这是每隔两小时就会打断健斗甚至是母亲睡眠的声音。被子里的健斗破口谩骂起来。

　　"我要是不工作，全家都得饿死！健斗现在又没工作。"

　　"你如果一定要去，干脆把我杀了算了！"

　　外面的恶劣天气隔着蕾丝窗帘都能透过来。低气压加上低气温，外祖父今天应该尤其不舒服。

　　"算了吧，我还嫌麻烦呢。"

　　"你要是不动手，我就自己跳下去！"

"怎么跳，从楼梯上滚下去吗？那可是很痛的哟！"

"……"

母亲去上班后，健斗又睡了过去。上午十一点前，健斗起了床，一个人吃完迟来的早餐，又喝了点耳鼻科的处方药，鼻子里也点了药，以期抑制下花粉症。随后便投入了备考学习中。

健斗聚精会神，浑然忘却了时间流逝。正在这个时候，拐杖声响了起来。孩子们的玩闹声和路上的噪声健斗尚能忽视，但刻意降低存在感的外祖父制造的轻微声响却能传遍家里的每个角落，分散健斗的注意力。戴耳塞、放古典音乐都没用，健斗只能咬牙熬过去。这种煎熬几乎每隔两小时就要上演一次。

下午三点半钟左右，腹内空空的健斗去了厨房，准备随便做些吃的，充当迟来的午餐。正在这时，慢悠悠的拐杖声临近了。

"健斗，知道你母亲准备的点心放在哪儿吗？"

"点心？"

　　听到餐桌边的外祖父这么问，健斗找遍了桌子、厨房和冰箱。

　　"不知道放哪儿了……要不吃这个吧。"

　　健斗从树脂质地、因年久颜色变得深黄的五层冷藏柜中拿出两个一口分量的蛋糕卷递给外祖父。

　　"啊，谢谢。可以给我来杯茶吗？麻烦你了。"

　　不是说好了这种事该你自己做的嘛，这句话已经溜到嘴边，又被健斗咽了回去。自己今后应该过度照料外祖父。不管口渴不渴，外祖父在吃东西的时候一定要就着液体一起送到胃里去。健斗用电热水壶烧开的热水泡了茶，端到坐在沙发上的外祖父跟前。外祖父说了声"我开动了"，这才开始吃了起来。此时距早上七点前，叫嚷着让母亲杀了他自己的那个时间不过九个小时。然而健斗丝毫不觉得外祖父难以理解——正因执着于绵软甘甜的点心这个摆在眼前的欲望，外祖父才会为逃离眼前的痛苦而希求死亡。

讨厌寂静的健斗开着电视吃过午饭，坐在餐桌边喝茶，外祖父坐在沙发上。健斗盯着外祖父瘦小的脑袋看了十几秒，那脑袋仍然一动不动，仿佛已经死去。外祖父的脸倒是对着电视里综艺节目的画面，但眼睛和意识是否停留在上面就不得而知了。健斗跟外祖父打了声招呼，把明天就该归还的 DVD 电影《硫磺岛的来信》放进了播放器，他随后又立刻想到，自己不该在经历过战争的外祖父面前放美国人导演的战争电影，想到这里，健斗紧张了一瞬。电影正式开始约十分钟后，时不时拨弄着助听器的外祖父站起身来，嘟囔了句"还是回房吧"，说着就向着自己的房间走去了。外祖父回房似乎不是因为回想起了当年艰辛的记忆，内心愤怒，而仅仅是像先前看电视节目那样，跟不上故事情节的发展。

电影看到中途，健斗想起外祖父来到这边后第一次住院时发生的事情。当时外祖父肺部积水，十分痛苦，被紧急送进医院。几天后，全身插满导管的外祖父总算恢复到能开口说话的地步了。他对来探望的健斗讲了很多事情。外祖父对周围的人大谢特谢，还十分详细地讲述了他从未说过的战时故事。健斗那时才知道，外祖父曾经半被强逼地招进海军学校，当过海军飞行员预科练习生。

外祖父说，在他错过特攻，受上天馈赠捡回了一条性命的人生历程中，那段经历十分出彩。这样的话健斗已听过无数次。健斗想，能亲耳听到身边人鲜活的证言是一件好事，但他同时也感到不舒服，觉得外祖父口中的故事似乎原本发生在别的地方，也无人知晓，只是被随意地延展到了外祖父和继承了外祖父血缘的自己身上。

那是近两年前的事了。因为外祖父那始于特攻未遂的附加人生，健斗才有了自己的生命。看完电影，健斗走进外祖父的房间，只见一室暗沉。外祖父眼球上反射的光线告诉健斗，躺在床上的他正眯缝着眼看着天花板。

"是健斗·妈吗？"

"我是健斗。妈妈还要过两小时才会回来。"

窗外一片昏暗。孙子进来的时候，外祖父常常会从床上坐起身去开荧光灯。然而这次健斗止住外祖父，自己用枕边的遥控开了灯。在剥夺外祖父的行动能力方面，他做得如此细致。

"真是的，天气太冷了……今天从早上起就一直有臭味，实在是太臭了。"

"确实冷啊……不过我房间里倒没这个臭味。"

健斗走到拉了窗帘的窗边，发现窗户打开了十厘米左右。

"窗户没关好。"

"诶？"

"你没长记性吗？窗户开着肯定会冷的啊。"

发现自己的语气严厉得有如母亲，健斗话说到一半就收敛了一些。臭味似乎来自腐烂的生鲜食品。可能是住在旁边楼房里、不懂垃圾分类、房子就像垃圾场似的孤僻老人终于开窗换气了，也可能是同住一楼的几个中国人没有遵守垃圾回收的时间，随便把垃圾放到了房外。那些原本就住在新城、人数不到十分之一的中国人就像是 IT 企业的职员和留学生之类的精英阶层，虽然时而会因生活习性的不同而与近邻产生矛盾，但只要好好说说，互相之间都能皆大欢喜。而许多日本老人已经无法对垃圾进行细致分类，也不能和人正常对话，市福祉课职员和看护人提供的生活帮助根本赶不上他们老化的速度。健斗关上窗户。

"我都不知道窗户没关。人老了不中用喽，已经痴呆了。还是死了好啊。"

外祖父的脸从堆了好几层、让人翻不了身的被子中露出来，瘦小的双手在面前合十。

"一个人待在这种又小又黑的房间里，任谁都得郁闷啊。我要是不偶尔出去走走，早就变成个傻子了。"

"想散散步吧，这附近又全是上下坡，下楼的楼梯也很陡。"

健斗想起了自己孩提时期常去的长崎的老家和农田。外祖父能习惯长崎的坡道，对东京的坡道却似乎束手无策了。个中原因就在于，生活在汽车必不可少的乡下时，外祖父十多年来的出行一直靠的是对行动不便者有价格优惠的出租车，腰腿也因此严重退化。

"净给你和你母亲添麻烦，真是对不住。我每天都在祈祷，希望死亡早点儿来临。"

看到外祖父紧闭双眼、内眼角满是褶皱的样子，健斗有些生气。原来外祖父终究还是这么被动。本以为经历过战争的人都坚忍深沉，有现代人想象不到的大彻大悟，险些参与特攻的人就更不必说了，原来一切都是自己的幻想。在外祖父身上，健斗完全感受不到一股为实现目标而努力的霸气。只比外祖父小五岁的克林特·伊斯特伍德，除了先前看过的《硫磺岛来信》外，到现在还在拍电影、演电影，干劲十足地努力着，自己的外祖父却这个样子。身为孙子的健斗不禁感到羞愧。

"我不想最后瘫在床上起不来，就每天拄着拐杖在家里走上几圈。怕拐杖声吵人，打扰到你们，我都是趁着没人的时候才出来走走。但是今天实在又冷又痛，没有办法啊。"

"唉，也没必要非得走动，您腿脚已经够勤快的了。"

外祖父把曼秀雷敦唇膏从嘴巴外缘一直涂到嘴巴里边，又从摆在枕边的许多药物中拿出一瓶淡蓝色瓶盖的润眼眼药水。也不知为什么，外祖父的枕边常常摆着四五支这样的眼药水，开封的没开封的都有。

"去看护机构时带的包里也有这个吧。"

在家和出门用的两个收纳包里放着用塑料袋和小包装着、被分成更小分量的药物之类的东西，健斗每天都得这么提醒外祖父一次。这么一层套一层的，外祖父自然容易忘记东西放在什么地方。先前慎重确认过眼药水无误的外祖父，又开始在充作床头柜的书架上翻找起来。

"健斗，纸巾放哪儿了啊。"

"抽纸盒不是在这吗，都空了。我再去给你拿吧。等会儿顺便给你把洗好的衣服叠了，你就安心睡吧。"

"谢谢了，对不起啊，真不好意思。"

外祖父信口说出的话几乎都没什么价值和意义。拿了一盒抽纸过来后，健斗把衣服收进屋，在起居室旁的房间里叠了起来。把衣服分门别类地叠起放好本来是要求外祖父每天做的家务，也相当于康复训练了。这种事母亲和健斗五分钟就能做完，外祖父却要花上三十分钟，做到最后还必定没办法完成，他于是再找人哭诉，情绪陷入极端消沉，因此，这种事由母亲和健斗自己做的话会轻松得多。然而正如监狱里的劳动改造一样，让外祖父做的用意并不在于要为社会做多大贡献，这是帮助外祖父实现自立、重获新生的必要劳动。

身为真正的孝孙，自己今后必须剥夺一切帮助外祖父重回社会的训练机会。在叠好的一堆衣服中，健斗只把自己和外祖父的衣服拿走放好，接着就开始清扫起来。从外祖父房前到起居室的过道上，到处都放着碍事的硬纸板和搁板架子。健斗把它们都收进一个箱子，塞进杂物间空余的地方，还改了下沿路的整体布局，接着又去整理洗手间和厨房。花一个小时做完了这一切的健斗大汗淋漓。整理过后，外祖父时常来回的路线一下子通畅起来。这么一来，再通过这些地方时，为防摔倒，外祖父靠拐杖和腿脚避开障碍物所需的肌肉力量和对眼前情况的把控能力就会降到从前的一半。

"哇，开阔多了。谢谢。"

"我就是想让你不那么费劲。"

机能不用则衰。站在过道上应答的健斗仍在探寻着，看还有没有什么其他能做的。

5

距中午起床已过去一个小时了。健斗看了看手机，没有新的来电。要是通过了昨天的公司面试，正午之前就该有信了。他打了个喷嚏，擤了擤鼻子，躺到沙发上。这几天情况不错，他就没有服用抗过敏药，或许是因为这个，今早开始过敏症状又变得十分严重。健斗赶紧喝了药，还点了眼药水和鼻药水，然而药效不可能即时发作。外面下着小雨，飞散的花粉量应该挺少，但不管再怎么远离致敏源，一旦发了炎，接下来的半天就会十分痛苦。健斗每过个几十秒就要打个喷嚏，一半的呼吸都要靠嘴，发出的声音十分吵人，眼睛也痒痒的。现在别说学习了，连看电影的劲都提不起来，刚起床又没有任何睡意，健斗简直陷入了地狱。外祖父也不在家，去看护机构了。家里人不在的时候，护工能用预留在那边的钥匙直接进到家里接外祖父上巴士，因此健斗早就决定佯装不在家。他一直屏住呼吸蒙在被子里，直到年轻的女护工那响亮的声音和外祖父比平时稍微清楚的应答声消失。健斗觉得自己好像是被两个精神十足的人给丢下了。

　　现在，类似为外祖父做些事情之类能够消磨时间的建设性方法，健斗是一个都办不到。还是得先从眼下的不快状态中解脱出来。但是亚美现在在上班，去街上购物吧，自己既没什么想买的，也没钱买什么。剩下的就只有做运动一个选择了。健斗关掉电视去了阳台，他伸出的双手传来麻麻痒痒的感觉，小雨仍在下着。雨线如此之细，以至于落到掌心时令大脑产生了麻麻的错觉。花粉的飞散量应该受到了抑制。总之，健斗讨厌和倦怠的身体共同憋闷在昏暗的房间里。

健斗回房换上运动装，就地把俯卧撑和背肌、腹肌运动各做了十次。单这么练下来就已经喘不上气了，三分钟不到的锻炼一下子令体温升高。健斗稍微拉伸了下腿脚，穿上运动鞋就出了门。似乎有十年没这么跑过步了。尽管时隔许久，初高中时在滑雪部学到的呼吸节奏法还是在一瞬间重回到自己身上。当时为准备冬季集训，滑雪部包括健斗在内的一众成员春夏秋三季都在沙地上训练待命，到最后甚至能在校内的马拉松大会上与田径队的长跑选手互争高下了。

　　战后华盛顿建造高地住宅区时人车行道分离的规划方式被引入日本。这片新城就是沿用人车行道分离方式建造起来的，有不少可供跑步的地方。人行道尽是坡道，平地很少。开跑没多久，健斗的呼吸就变得急促起来。他全身发热，也不知道打湿运动装和皮肤、头发的是自己的汗水还是小雨。运动过程中，健斗的过敏症状有所缓解，大概是因为免疫器官已经无暇对致敏源做出反应了。没过多久，健斗的左下腹部疼痛起来，腿肚子上的肌肉也开始积累起钝痛，喷嚏没了，鼻子通气了，眼睛也不痒了。现在的清醒状态令健斗十分舒畅，他越跑越远。雾蒙蒙的感觉似乎只在不断奔跑的时候才会消散。尽管约有十年时间没锻炼了，重新跑起步来还是能如此自如，健斗由是发觉了自己具备的身体条件优势。外祖父肯定是做不到这一点的。

回到公寓楼，上楼梯时两脚和腹直肌已然开始作痛。健斗感到悲哀，自己还不到三十就已经这么禁不起折腾了，但另一方面，再度觉出自身优势的喜悦又令他十分快活。再怎么说，自己还是能不靠任何外力好好行走的。即便处于现在这个状态，健斗也能轻松地完成外祖父最讨厌的上下楼动作。不能因为面试没通过这种事就灰心丧气，健斗想。喘着气回到自家的三室一厅，他像是要讴歌自己健全的身体一般，又顺势在过道上做了二十个俯卧撑，做完后去洗了个澡。

6

周一下午，健斗开车去了附近的银行。他在账户里取了三万日元，看到一个半月都没关心过的存折流水，在扣去各种税钱和学费债务之类的杂费后，余额一下子缩水不少，感到有些心惊。取完钱，健斗再度开上车，去接周六时托管给入住看护机构三天的外祖父。外祖父每周一、三、五去的日间看护机构也在那里，他在短期入住机构里有自己单独的房间。为了能让母亲喘口气，外祖父每个月都会被托管到这里一次。下午两点后抵达的健斗去办接人手续。他只说下午来接人，连大概的抵达时间都没有告诉工作人员，就是打算来个突击考察。

在通往外祖父房间的路上，健斗与一个由年轻女护工推着轮椅行进的老太太相向而过。老太太滔滔不绝地大声对护工说着什么，气都不喘一口。她七十过半的年纪，怎么看都比健斗的外祖父更有精神。上了走廊之后，健斗又遇到两个坐在轮椅上前行的矍铄老人。

眼见专业人员的过度看护，健斗感到十分不快。这种看似关怀被看护人的举动，明显就是为了防止腿脚不灵的老人四处闲逛，给自己的工作带来负担，以及降低因老人摔倒而被追究责任的风险。袖手旁观、耐心守护的看护方式其实比施以援手的看护方式要费神费力得多。护工们的这种看护方法是为了把老人需要的看护事项由三项增加到五项。看护等级一旦提升，国家和自治体付给看护机构的钱也会更多。这种行为虽然和健斗在做的事情并无二致，但从动机来看，两者其实似是而非。说到底，身为劳动者的护工们是为了让自己工作得更轻松才如此"无微不至"的，他们并没有遵循被看护人自己的意愿。护工应该做的是实行有针对性的做法，为想活下去的人设置生活障碍，严格以对，为想死的人除去障碍，悉心照料。即便表面上看如出一辙，但为了自己轻松而毫无限度地出手帮忙，和为了帮助老人有尊严地死去而抑制内心纠葛、施以援手的方式是截然不同的。在护工们身上，健斗感受不到他们让被看护人坐轮椅、在随意统一提供的饭菜中除去所有的蛋白质、彻底剥夺被看护人的行走能力、弱化其有第二心脏之称的脚部肌肉等行为，是在看清了被看护人真正想死的心情后才横下决心实行的。

"你可算是来了。"

外祖父盯着进到房间的健斗看了好几秒，而后开口说道："咦，你剪头发了？"

"嗯，这段时间正到处飞花粉，剪了免得沾到头上。"

接上外祖父后，健斗要开车去常去的综合医院，帮外祖父办复诊手续，自己也要去耳鼻科复诊。工作日的下午，挤在医院里的八成都是老人。医院里十分嘈杂，尽是兴致勃勃地闲聊着，像是医院常客般的老人，也不知他们是彼此熟识还是陪人前来的。不再去沙龙，改为常来医院的老人们只用付诊费的一到三成，而国家为了付清剩下的诊费，就向尚在社会上打拼的人征收额度巨大的税金。健斗的外祖父也会时常因为小病痛而执意去医院，间接地吞蚀着国库和健斗他们这一代的积蓄。

"待在那边的时候，我总感觉有压力，血压都高了。他们要我就在房间吃饭，但是如果不去食堂，我就真的只能一直躺着，也没别的事情可做。我一再请求，想着怎么也得自己走着去，护工却非用轮椅把我推到食堂。"

外祖父用悲切的口吻讲述着三天来的经历。

"住的房间全是一个样子，要是出去一趟，回来的时候就不知道自己的房间在哪儿了。和在家里完全不一样，厕所也不知道在哪儿，药也不知道放在哪儿。眼睛有跟没有一个样。"

"唔。"

"住到外面了完全抓瞎。也不知道是不是因为这个，这三天血压一直都降不下来。但是回到家里又只会给你和你母亲添麻烦。我已经老糊涂了，还是早点死了的好。"

每每从短期入住的看护机构回家时，外祖父总要把这些话说一遍，健斗听得几乎都能倒背如流了。

"你看，我整个人都发肿了，手也肿成圆的了。"

外祖父说着就把发红的双手伸到健斗眼前。但在健斗看来，这双手在老年人中已经算是皱纹很少的好手了。看来这三天，外祖父仍然如往常一般只做了一件事，就是寻找自己身上不舒服和疼痛的地方。

"腿和手腕也很疼啊。"

外祖父指的地方多半不是关节，而是肌肉。健斗这阵子也全身肌肉疼痛。对仍在社会上打拼的健斗来说，疼痛是预示炎症和危险的信号，而肌肉的疼痛预示着超速恢复下的更大进步。这就意味着，只要知晓这种现象不会带来后遗症和以后的不适，健斗就能淡然忍受过去。然而外祖父却不一样，对他来说痛就是痛，他能解读到的只有痛苦本身。是否在不断接收到痛苦信号的情况下，人会欠缺应有的思考能力，也不能读懂痛苦的内在意义了呢？或许正因如此，外祖父才会大量服用抑制疼痛的药，也无畏药的毒性会从本质上侵蚀身体。就连保持身心健康所必需的运动，他也会因为表面上的疲劳而避忌不做。外祖父不会通过运动增强肌肉，促进血液流通，进而改善神经性疼痛。这种现实而短浅的判断方法有如兽类，令健斗感到可怕。

"田中先生，田中健斗先生。"

听到中年女护士呼唤自己的轻柔声音，健斗留下看起来有些不安的外祖父，站起身来。

7

把外祖父送回家后，健斗坐电车去了新宿，与和朋友一直玩到傍晚的亚美直接去了歌舞伎町的情人旅馆。亚美先去洗澡的当口，只穿一条裤衩的健斗就地做起了俯卧撑，俯卧撑做完后又做深蹲。或许是因为已经适应了每周两三次的跑步和两天一次的自重训练，刚开始跑步时连着四天下半身肌肉疼痛的反应已经能在两天内恢复如初了。但是面对肌肉无痛感的这种状态，健斗并没有真切感受到肌纤维的发达，反而心里没底，觉得自己没有任何长进，好像会一头走上肌肉力量下降、最终变成卧床不起的老人这条道路。

不过比起那些，最重要的是做了肌肉训练之后，健斗在接下来的几个小时内都会感到身体与精神活力充沛。

与亚美做爱时，头一次健斗依然会很早就泄出来，但现在他能在半小时内再来上一次。这是否意味着性能力的提升尚不得而知，但可以确定的是，健斗至少在射精所需要的肌肉力量和心肺能力上有所增强。

"你最近还挺厉害的嘛。"

第二次结束后，受到亚美称赞的健斗在床上调整着呼吸，感到以眼下的体力，似乎还能再来一次。但这样就得考虑自己的精力和精液余量这个问题。如果不戴避孕套，享受纯粹的快感，达到高潮倒是不无可能。但在眼下这个人生阶段，健斗完全没有创造出一个新生命的想法。要在戴避孕套的情况下达到第三次高潮，健斗还需要多加锻炼。机能不用则衰。如果自己以往都没能好好利用身体机能，那今后就更得多多利用了。

"头发剪成 12 毫米不会太短了吗？"

健斗坐在能同时补充超速恢复必不可缺的糖分和蛋

白质的牛肉盖浇饭连锁店里，吃着超大份的牛肉盖浇饭套餐时，一旁吃着咖喱饭的亚美看着他的侧脸问道。话里透露出健斗的头型并不适合短发，所以还是早点长回以前的长度为好的意思。然而，流汗和洗澡次数增多的健斗已经爱上了这种高中时代就有的、适合运动的清爽发型。要是放在渴望邂逅新异性的那段时期，健斗也不会留这种看起来十分糟糕的发型，但是既然已经有亚美这个交往对象了，自己就没必要为了得到异性的青睐，再去留那种要抹厚重发蜡的发型。从与亚美之间似有若无的心电感应中，健斗的直觉告诉自己，亚美不会因为俗气的发型而对自己失去热情。

"以前的发型好看是好看，但为了不沾花粉也只好剪成这样了。你也不能看着我因为花粉症而喷嚏不断吧。"

在新宿站下站台时，亚美如往常一般略过了楼梯和自动扶梯，当先向着残障人士优先使用的电梯走去。等搭上拥挤的电车，没能抢到位子的她马上用足以令人听清的音量开口说道："最近坐电车都是站着的，腿都站肿了，看起来比以前粗了。"

"老是肿啊肿的，烦不烦啊你。多大点事。"

听到抓着吊环的亚美半是说话半是叹气的抱怨，健斗回了一句连他自己都觉得惊讶的狠话。拥挤的车厢里，亚美变得一言不发。等车停在下一站，刚有座位空出，亚美就飞快地坐了上去。她曲起绷紧的上半身，低下头，像是决意无论如何都要一动不动。这样一来即便面前站了老人和孕妇，她也能装出一副注意不到的样子。摆出这个姿势的亚美浑身释放出武道中人一般的气势。俯视着为了保住座位团成一团、都不愿对上男友视线的亚美，健斗确信厌恶身体上的疲劳、渴求轻松舒服的亚美今后肯定会迅速发展成胖老太婆的体型。说实在的，健斗能忍受丰腴的体型本身，但却从心底里厌恶任由身体变得丰腴的、像猪一样的那股疲懒劲，眼下他的厌恶已然更甚。

向着东京郊外开去的电车渐渐空下来，健斗也坐到了亚美旁边。但是很快，他注意到了远处一个靠门站着的老年男性。从老人抓着棒状的扶手这点来看，他的身体应该在一定程度上需要支撑力。或许他也快下车了，但健斗还是为要不要让座犹豫再三。现在给老人让座能显出自己的体贴关怀，但如果那个老人还想生气勃勃地活下去的话，让座的行为就只会令他的腰腿更加孱弱，真为对方考虑就不能让座。不让座的行为看起来和包括亚美在内的大多数乘客只想保住自己座位的利己行为没啥两样，也无法表现出潜藏在自己内心深处的体贴，健斗为此感到极度焦躁。

8

　　健斗投入行政书士资格考试的备战从早晨起就进展得十分顺利。最近，他的身体状况非常好，睡眠质量提高，一天中意识昏沉的时间减少，能够张弛有度地投入到学习中了。

　　下午一点多吃罢午饭，又过了一个多小时，健斗的专注力下降了。像是一直在等待着这个时刻到来一般，健斗去了没人的和式房间，开始做起肌肉力量训练。他把脚尖搭到梳妆台前的凳子上，做起了高负荷的俯卧撑。用手机上的计时器功能实实在在做了八十秒后，他整个人像是要崩塌一般倒在地板上，趁着三十秒的短暂休息时间拼命喘气。这项训练会让血液冲上大脑，几秒间就积攒起致疲劳物质，是所有训练中最辛苦的一项。气虽然喘得急，但胸肌和背肌之类的肌肉并没有痛感。看来这些部位的肌肉完全没有得到增强，应该是有什么地方没有练到。要实现重建，就先彻底地破坏殆尽吧，健斗想。接下来的八十秒内，健斗有意识地把训练重点放在肌纤维上，来了个彻彻底底的训练。八十秒训练在微微颤抖中结束的时候，他差一点就下巴先着地，几乎要咬到舌头。趁着休息时间拼命呼吸的当口，全身上下都向健斗叫嚣着要立即停止地狱般的训练，永远保持现在的轻松状态。但健斗的脑海里却浮现出偷懒到最后，连独立行走都无法办到的老人的样子。

　　不能被眼前的轻松给忽悠了，一旦懈怠下来，肌肉就没法增强了。健斗勉强把腿放到凳子上，身体在垂死挣扎中开始了下一组训练。把向着地板的脸撑起的那一下，就是引导自己远离卧床不起的一步。练到第三组，先前不断累积的地狱般的痛苦转化为一种快乐，那是能够重建肉身的快乐。只要肌肉疼痛这种炎症还在继续向全身扩散，健斗就要用蛋白质加以修复，他相信自己的身体和精神会随着激素的分泌而活跃起来。

第五组训练结束，健斗立刻吃起了纳豆饭和未经处理的生鲜蔬菜，以摄取肌肉增大必不可少的营养。吃完后，他洗了把脸，未作休息就去了自己房间，再次开始了学习。身心被异样的兴奋感包围，头脑也清醒得不可思议。健斗以一种称得上好斗的状态默背着知识点，解着模拟试题。他真切地感受到，自己在遇到有些难的问题时，渐渐能够顶住解答不出的压力了，心情不由得十分舒畅。大脑里的神经连接全被调动起来，锻炼得愈加坚实强韧。两小时的奋战过后，学习暂告一段落。为避免"机能不用则衰"，健斗开始了最近布置给自己的任务——每天射精三次。通过射精，自己的射精能力会得到锻炼提高。看着电脑里的成人影像，例行公事般完成今天的第二次自慰后，健斗把计时器设为二十五分钟，然后躺到了床上。尽管一点都不困，他的意识还是没多久就中断了。被计时器的声音叫醒时，健斗有些不快，但站起身吸了口气后，大脑和身体的疲劳瞬间消失得一干二净。健斗再次坐到书桌旁，用带录音 CD 的英语文章学起英语来，以期能够不靠字幕看懂欧美电影。自上三流大学二年级时起，健斗已有八年没接触过英语了。不过对这时隔八年的英语学习，正在重建一切的健斗感到十分新鲜，沉迷在平时不会进入的语言天地被充进了活力的感觉中。

各种能力及其必备的肌肉和神经线路不断得到开拓。健斗那坚定致力于包含大脑在内的全身改造这一行为的最深处，潜藏着他简单的领悟：如果不把力气花在弱化老人这件事上，而是专注于强化自我，那自己的全部能力都会得到提高，人生也会积极前行。自己早该在十几二十岁时就悟到这点的。已然开悟的健斗尽管目前还待业在家，却从未有一个瞬间想到过死，他的心里满溢着讴歌生命的渴望。

傍晚时分，身处和式房间里的健斗把腿搭到凳子上，再次做起了俯卧撑，准备为今天的上半身锻炼收个尾。肌肉再怎么有力，俯卧撑也还是一项可怕的训练。因为喘不上气，致疲劳物质迅速累积到临界点这件事基本是没法靠锻炼消解的。但是如果不培养起对因地狱般的痛苦产生的恐怖心理的忍耐力，就无法把身体的其他部位锤炼到鼎盛状态。正做着俯卧撑的时候，拐杖拄地的声音从过道上悠悠地靠近过来。

结束了第四组训练，健斗挺尸一般躺倒在地。不知何时进了起居室的外祖父俯视着健斗，笑着说道："真有干劲。"

"呼……"

"这个在过去叫'fu di ting shen'，我那时候就得做这个。"

刚说完这么一句，外祖父就转身向厨房走去，应该是去喝茶或是吃药。所谓的"过去"，大概就是外祖父的旧制中学或预科练习生时代吧。"fu di ting shen"大概是"伏地挺身"。这么想着的时候，健斗感到自己的身体似乎失去色彩，变成了黑白色，时髦的发型也成了短刺头。三十秒的休息时间结束后，健斗重燃热血，投入到最后一组的"伏地挺身"锻炼中。

健斗把收进来的衣服叠好，拿去给外祖父，只见外祖父把衣柜里的衣服摊在地板和床上，正一脸不知如何是好的表情。

"要收拾换季的衣服吗？"

"是啊。冬天的衣服应该已经穿不着了吧，要还这么放着，到时就不知道该穿什么了。"

外祖父坐在床上说道。对哪些衣服该放到哪儿，哪些衣服又该拿出来，外祖父看起来还不能很好地进行总体把握。不过，每件衣服都被叠得仔仔细细。健斗有些惊讶，原来外祖父还留存着能够即时处理眼前事务的微薄能力。他把严冬穿的各种衣服全都叠得好好的，以备来年再用。

健斗忽然想到，外祖父是不是还满心准备迎接下一个冬天呢？

说起来，外祖父今天还没说过"想死"和"早点接我走"之类的话。非但如此，先前看健斗大汗淋漓地做"伏地挺身"时，他甚至还嘿嘿地笑了。

难道他改变主意了？

外祖父今天虽然还是有发牢骚，说积在眼里的血块很碍事，都看不见附近的东西，但却没怎么控诉身体疼痛。正是四月上旬，天气相当暖和。外祖父还在自己收拾换季的衣服，尽管做得磕磕绊绊。可见在今天这个日子，外祖父忘记了身体上的疼痛，逃出了无事可做的精神地狱。只有四月下旬到五月中旬，外祖父才会比较适应气候。一进入梅雨季节，待在整天昏暗的室内，外祖父就会感到气闷。到了夏天，衰弱的自律神经没法好好调整体温，外祖父只能在开着冷气的室内裹上厚衣服，额头冒汗，一副不搭调的样子，还每天念叨着"想死"。换言之，只有在漫长的冬季和夏季之间的这个极其短暂的时期，外祖父才能适应气候。不被外祖父眼前的好过和一时的精神变化所惑，尽早帮他实现原本的心愿是为了外祖父好。健斗自己也想着要多留点心，不能被外祖父眼下的表情和行为迷惑。站在他面前的，是三百六十五天中有三百三十天都在迫切想着要死的老人。如果不善加引导，怎么才能在最短时间内实现这个困难的目标呢。健斗陷入一种错觉，在退化成小孩一般的外祖父面前，自己仿佛成了他的父亲。

"真不知道该怎么收拾。"

"真是的，都不知道该怎么做，只能对着叠好的衣服干瞪眼。"

和外祖父同住的时间不过三年，但照着现在这个样子，外祖父如果再活个五年十年的，期间说不定就会被母亲勒死。养老院还要排队等待，家里又没钱供外祖父住进民办机构。在外祖父今后还能活很久的情况下，如果让他停用止疼药等可有可无的药物，他身体上的病痛就会卷土重来，被近来越发羸弱的肌肉导致的更大痛苦所侵蚀，外祖父本人和身边照料的人的压力也会空前沉重。健斗脑中突然闪过大辅的忠告：如果做得不够彻底，等待在前方的就会是地狱。

"我帮你分吧，哪些是严冬时穿的？"

"真不好意思，谢谢，麻烦了。"

不能让外祖父有思考的机会。为了彻底剥夺外祖父激活大脑的机会，健斗全力帮着外祖父收拾衣服。那体贴的一举手一投足，切断了外祖父的神经线连接。

9

"您可能不太适合本公司，不过您才二十八岁，想要重头做什么都有无限可能。"

上午十一点，健斗在八丁堀参加了一家企业的社招面试。面试的结果并不理想，但回去的时候，比自己大十来岁的面试官对他说了这句鼓励的话。鉴于许多面试官出于为面试人考虑的立场，都会把当场就能得出的面试结果放到之后的邮件里传达，在市中心的这一角受到他人的诚实以待，健斗还是感到十分快活。因为这句话出自一个直言自己没被录取的人口中，二十八岁的健斗就真的感到自己似乎还有无限可能。

下午，在一个能唱卡拉 OK 还能打保龄球的娱乐场所挥洒过汗水之后，健斗一行三人开车去了新城远郊。车停到一家旧时民家风格的煎饼店停车场后，亚美从副驾驶座上下了车，大辅也从右边的微型货车上下来了。用烧杉板和油料装修而成，以昭和时代的复制版画报和灯笼等装饰物呈现出复古感的停车场里，停泊着许多小型汽车和违法改造的车。

"都让店员做好了端上来怎么样？"

点菜时健斗提议道，另外两人表示同意。他们三人已经来过好几次了，大辅的妻子或其他朋友常常也会一起过来。

健斗第一次来还是在外祖父尚有些精神的时候，当时他和母亲、外祖父一起来过这家店。那个时候，遍地都是连锁店的这一带出了家旧时民家风格的个性小吃店，健斗一开始还感到十分兴奋，但坐在身旁的外祖父却苦笑着嘟囔了句"破破烂烂的"。想到店家刻意仿旧却没传达出旧时风韵，健斗也无奈地笑了，从那以后就对这家店的内外装修失去了兴致。不过，外祖父本身就很喜欢口感绵软的煎饼，当时还吃得食欲大开。

"客流慢下来了啊，大家再大点声音！"开放式厨房里，职员打扮的领班话音刚落，以厨房为中心，四下里立刻就响起年轻的兼职店员们精神饱满的迎客声。店里的客人都是十几二十几岁的年轻人和老人。周六日时，全家一起来的食客会增多，不过客人的年龄层几乎不会有什么变化。因为有几所大学，东京西南部的这座新城只剩下些外地学生和老人了，不过据说曾经也有很多人拥到这里入住，基本都是在市中心大企业就职的青年才俊，还有很多大着肚子的孕妇和小孩。

"话说回来，突然变得那么无微不至，你母亲就没和你吵过吗？"

今天刚和大辅见上面，健斗就聊起了外祖父的意志有所动摇的事。大辅给出的回答是，被看护者各自的人生和性格都有所不同，健斗要自己判断，不能照搬指南，要以自己的做法帮助被看护者实现愿望。

　　"我都是悄悄做的。热衷于减法式看护的是母亲，最盼着外祖父死的也是母亲。老爷子没皮没脸的，以为只要会说'谢谢''不好意思''麻烦了'三句话就总能得到谅解。他连自己说的话是什么意思都不知道。"

　　"低声下气的样子确实最让人窝火。"

　　"所以说，早点让他实现每天念叨的死亡愿望对大家都好。"

　　"但是照你说的来看，想死的这种话应该和其他的话一样，都没什么实际意思吧？大西小姐，你觉得呢？"

　　亚美插进两人间的谈话，开口说道："不，说想死是真的。我能理解这句话里的个中微妙。你没经历过这种事，就别信口乱说了。"

　　大辅立马转移话题，开始数落起老婆的不是。说每次为了避孕戴套时，老婆都要发脾气，问他为什么要戴套。

　　"她看起来有想多生孩子的意思，真烦人。做扩张的时候也不安分，就为这个，最近家里还买了一盒L号的乳胶安全套。"

之后没多久，健斗、亚美两人就与要归家的大辅告别，去了八王子街上时常光临的一家旅馆。他们几乎连着做了两次。停战暂歇的当口，洗着澡的健斗做起了大腿肌肉拉伸运动。以往性爱后的第二天，大腿根内侧的肌肉必定会疼，不知道这次还会不会这样。这个部位的肌肉不管做多少深蹲和硬拉都锻炼不到，只能通过做爱来提升。性爱必备的身体条件要通过性爱来打造。在与亚美的情事中，健斗每次都感到自己不仅体力得到提升，技术也有所精进。过去，他偏信传说一般的AV男优加藤鹰，苦练能让女方喷射的手上功夫。但是近年，透过杂志和网络信息明显可知，练就硬如铁的中指和食指，一味追求分泌物这种肉眼可见的东西实际上只会弄疼对方，许多女性都对此十分不悦。这就意味着，即便在情事这方面也不能效仿别人，应该找到适合伴侣的独有做法。健斗的斗志日渐高涨，似乎把分辨亚美的演技和真实反映的困难挑战当成了能让自己获得成长的试炼。即便到第三次做爱，彻底的避孕措施仍然十分到位。健斗思虑周密，准备只戴普通厚度的结实避孕套，等到射精时就拔出来，弄在避孕套里。

"呼，累死我了。"

亚美把擦拭过体液的纸巾扔向垃圾桶，没扔进去，她也不去捡，只把浴巾搭到腰间躺下来，像是完成了一件费力的工作般说道。

"你要睡了？"

"是啊，一累就想睡。"

健斗心想：累啊什么的都是在上面的人才会感觉到的，忙着动来动去的人可是我。就连我喜欢的骑乘式，你也不过只动了二十来秒而已。他像是苛责般地看着亚美露在被子外面柔软白净的上半身。

"你还真是只知道睡。"

健斗捡起滚落在地的纸巾团，重新丢进了垃圾桶。等他回到床边，亚美马上绷着脸说道："反正我都是个胖女人了。"

又来了，健斗想。

"我反正就这样了，又丑又胖的，你还是去找个更好的吧。"

往常瞬间就能脱口而出的道歉和安慰，不知为何竟然没能说出口。亚美说这话，本来也是存了让健斗安慰安慰她的心思，结果却没得到任何回应。健斗沉默着的间隙，她的怒气似乎越积越多，撇着嘴又说了一遍类似的话。在这前敲后击、存心要听的人给出应有反应的话语面前，在肌肉锻炼上培养出了耐性的健斗，却像是遇上过敏反应一般没了耐性。

"啊，你说的好像挺有道理。"

无法忍受的健斗开口说道。如果说亚美妒意深重又纠缠不休的抱怨是受了雌性激素的影响，那自己直击人心的气话会不会就是拜雄性激素所赐呢。然而很快，健斗就胆怯了，如往常一般道起歉来。

10

第二天是周六，因为从半夜下到中午的一场雨，樱花散落了不少，突然造访的寒流导致气温下降了六度。

"我要是死了该多好。早点接我走吧。"

昏暗的房间里，穿了好几层棉质衣服的外祖父双手合十说道。心思已经转到学习上的健斗没有回话，代之以过甚的照料。他把外祖父整理到一半的衣服清理好，倒掉水壶和塑料杯里的水，换上新的，又把枕边没了包装、胡乱散着的各类未开封药物放回原本的小包里。

这几天天气不错，面对着身体稍有好转、几乎不怎么说死这种字眼的外祖父，健斗的内心饱受苛责，怀疑一心帮助外祖父实现死志的自己是在作恶。然而，随着恶劣气候的来临，外祖父也终于想起了自己痛切的心愿。母亲与朋友出去游玩了，今早起，健斗再次全力投入到对外祖父的过度照料中。他烤焦了外祖父喜欢的代表性"甜软"食物——吐司，在上面涂满人造黄油和果酱，当作外祖父的午饭。近年来，焦煳食物和人造黄油能引发癌症的问题颇受关注。健斗听说，在能够致死的病症中，癌症是最不痛苦的一种。他还把外祖父房间的窗帘拉到最大，促使阳光诱发外祖父的皮肤癌。用过的杯盘也都是健斗收拾的，目的就是要剥夺外祖父的运动机会。外祖父服药自杀未遂以来，标记着"安眠药"的小瓶子一直装的是柠檬汽水，健斗在小瓶里加入了大量含有紫罗兰的纯正安眠药。

"自己的事情全都做不了的时候，人生也就该到头了。可我的死期怎么还不来呢？"

外祖父的声音模糊不清，像是垂下了弯曲的脊骨顶端的头颅后发出的，话是对着谁说的也不甚明了。健斗整理着衣服，觉得外祖父这个人实在令人头痛。在续命医疗发达昌明的今天，人可以活到什么事情都做不了的年纪。不过，在悠长的生命中，怎么迎来死亡就成了必须由自己思考的事情。大多数人只能枯等永无昼夜的地狱终结。这是否是长寿的现代人面临的磨难呢。让眼前瘦小的外祖父独自承受这种磨难，未免过于残酷。

"腿啊，胳膊啊，肩啊，到处都疼。"

眼前的外祖父一会儿揉揉这儿，一会儿又敲敲那儿。一股想要帮外祖父按摩的冲动如从前一般驱使着健斗，但他忍了下来。如果不让外祖父的肌肉僵硬凝固，痛苦加大，从而加深外祖父迫切想死的心情，进而帮他达成心愿，那么同样的事情只会一而再再而三地上演。

"便秘也得有一周了。什么都解不出来。"

"像我一样每天做做提腿运动什么的，一天就能早晚排便两次了。不过您已经做不来了吧。"

"以前做农活做得腰都直不起来了，做不成运动喽。

再这么下去，只能人工取便了。"

　　健斗是知道何谓人工取便的。所谓人工取便，就是要看护人把手指伸进被看护人的肛门里，把宿便给抠出来。谁来"取"呢？在母亲和健斗两人中，这个活应该会落到与外祖父同一性别的健斗头上。在外祖父身体破败到必须依靠人工取便之前，自己要尽早解决他有尊严地死去这个愿望。健斗再一次想着。

　　虽然心里有压力，但每天固定帮外祖父干活的这个时间，还是给健斗带来了胜过压力的安心感觉。尽管没通过公司面试，也没攒什么钱，健斗依然能感受到自己身上存在的宝贵价值：夜里睡得安稳，能走又能跑，搬重东西时身体上的一点不适也能很快恢复，皮肤还很光洁。单是待在外祖父身边，健斗就能自发地感受到这些。

　　与朋友出门去看歌唱表演的母亲在晚上六点前回了家，三人一起吃了晚饭。在外面舒缓过压力之后，餐桌上的母亲一时间心情似乎还不错，但当她注意到外祖父盘子里的炖猪肉和搭配的菠菜一点都没动时，表情又瞬间变得严厉起来。

"这是猪肉。炖煮过的，很软。"

"我不想吃肉。"

母亲啐了一声，不耐烦地咂了咂嘴。似乎要安慰母亲一般，健斗也劝起外祖父来。为了适应外祖父的牙口，炖肉和菠菜都做得十分软烂，吃到嘴里几乎都不用咬。

"都是炖过的，像豆腐一样软，你吃吃看。"

话出口之后，健斗才意识到自己的行为是在让外祖父补充蛋白质，帮助外祖父恢复自理能力。外祖父用筷子夹起一小块肉的四分之一送入口中，只说了句："挺软的，好吃。"

"菠菜也得吃。"

听到母亲满含怒意的声音，外祖父吃了口菠菜，但没嚼几下就"噗"的一声，把泛着白色的一团吐在了盘子上。

“太硬了。”

　　“玉米都能吃，这个吃不了？”

　　在母亲的怒气之下，外祖父愈显微小，但就连健斗都很难对他寄予同情。菠菜其实很软，假牙都能嚼碎。这就意味着，外祖父一心认定肉和菠菜就是硬邦邦的，只在面上做出了咀嚼的样子。健斗忽然间想，人生经验和老人智慧其实无益。昨天硬邦邦的肉和菠菜，今天是不是仍旧如此，只有真正尝试了才会知道。饭后甜点是比炖肉和菠菜要硬得多的曲奇饼和梨，外祖父却一下子吃光了两块曲奇、三个梨。

　　消食期间，健斗在起居室看起了电视，里面正放着花样滑冰大赛。刚刚宣布将于本赛季退役的女选手开始了花滑表演。她与二十八岁的健斗同年，长相是健斗喜欢的类型，健斗在心里默默为女选手加着油。

　　“腿太粗了。”

　　外祖父开口说道。等到比赛结束，一脸笑容的女选手迎来一片掌声时，外祖父又说："都二十八了？这个年纪还在服役啊，也该退了吧。"

真该死！健斗瞪着哼笑的外祖父想道。外祖父用看待老人的态度去看待拥有比任何人的肉体和精神都崇高的运动员，也根本没有想到二十八岁的年纪其实还与自己的孙子同年。这就是说，外祖父没有把运动员的二十八岁看作尚能得到无限宠爱的年纪，而是以异常苛刻的眼光去审视运动员这个身份，认为二十八岁的运动员已经到了该退役的时候。

"您别妨碍我看电视了，还是回房去吧。"

健斗调到公共频道，里面报道了一则拒付国民养老金的人不断增加的新闻。新闻里说，与健斗同年代的二十来岁的人中，实际上有一半都没有缴纳国民养老保险费。这种事健斗还是头一回听说。更确切地说，因为是在新闻里报道出来的，健斗才头一次正视起这件事来。虽然目前还在待业，但无论是国民养老保险费，还是国民健康保险费，健斗一直都规规矩矩地从银行账户里划款缴纳。电视里，年老的专家正阐述着自己的见解，说是养老金系统出现漏洞，老年人的生活恐将无法继续维持现有状态。这意思就是说，为了照顾现在的老人，要让将来还不一定能领取养老金的年轻人自掏腰包，为老人缴纳保险费？这么想着的健斗立刻涌上一股愤怒。在众参议院选举、都议会议员选举、都知事选举等所有的选举中，健斗一直都认真投票，但健斗现在意识到，做这些事并没有多大的意义。比起投票，不缴纳国民养老保险费这种政治性行为才会带来远甚得多的直接作用。政府对待老人和老年系统的做法仅是令其继续存活，这让健斗心怀不满。他决定周一就去把国民健康保险费的缴纳方式换成现金支付，还要从用来扣国民养老保险费用的账户里把预存的钱全部取出来。

连着几天气候温暖，外祖父表现出的生活态度消磨了些健斗协助外祖父死亡的动力。为了确认外祖父的确希望有尊严地死去这件事，尽管毫无睡意，回到自己房间的健斗还是躺到了床上。入眼的只有被荧光灯照亮的白色天花板和墙壁。彻底把自己想象成外祖父的时间最多只能维持十五分钟。外祖父除了医院和日间护理机构之外哪里也不去，只要活着，这种闭塞感大概就会一直存续。健斗确信，如果活得这么辛苦，外祖父一定是希望早点死去的。他还意识到，这样定期把自己想象成外祖父的行为还是有必要的。

11

　　早上，母亲充满怒气的声音叫醒了健斗，等母亲上班走了一会儿后，健斗起了床。他走进对面的房间，只见外祖父缩在健斗几天前送来的电动自动床上，望着装衣服的箱子。

　　"早上好。"

　　"……是健斗啊，早上好。"

　　"是不是有点感冒？"

　　两人的对话不到一分钟，健斗渐渐明白了外祖父的意思。

　　"是啊。浑身提不起劲，有点发热。去不了护理机构了。"

健斗把手背放到外祖父的额头上，三十六度左右的正常温度下，手背甚至还能感受到些许凉意。

"嗯，既然身体不舒服，今天还是不去看护机构了。我打电话过去说一声。"

"谢谢啊，拜托了，不好意思。"

接人的巴士出发前一小会儿，健斗给机构那边打了个电话，告知不用来接外祖父。之后他也没去睡回笼觉，直接就吃起了早饭。尽管没有食欲，健斗还是要时常保持血液里的氨基酸浓度超出一定值，这样超速恢复也会更快。日间看护机构会在上午开展一些即便对外祖父而言也足够轻巧的运动项目，但不让外祖父有任何运动显然才是最好的。至少在待业期间，健斗不会再缴纳国民养老保险费，对福利什么的也不太有能依靠国家的想法了。送老人去日间看护机构就要承担机构的行政费用。既然不再缴纳保险费，那就合该自己想办法看顾家中的亲人。当然，如果找到了工作，健斗会自觉去交养老保险费，他现在也还在继续交着国民健康保险费，这么看来，健斗不过是仅限于一定范围和一定时间段内的轻微无政府主义者。健斗内心埋藏着的要被迫为老年人的超前花费买单的愤怒与自己现在施予外祖父的援助产生了明显的联系。帮助想要安稳离世的老人们这件事情，对老人和年轻人双方都是利害一致的。这个世界也差不多该迎来另一个不借宗教理由和流于表面的人道主义掩盖真实，而是正视不想看到的东西，并真正予以实行的时期。健斗不知道自己是否真能帮助外祖父实现他高难度的愿望，即便实现了，自己也会疲惫不堪，不知道这种成功能不能得到他人的理解。但是健斗相信，拼死前行的路上生出的希望萌芽会在自己不知道的地方开出花朵。在这场漫长的战役中，自己就是帮助老人有尊严地死去的革命战士。等到自己也变成老人，只能望着白色的天花板和墙壁的时候，健斗希望更年轻的一代能给自己一个安稳的死亡。

刚集中起精力学习,外祖父就走了进来,连门都没敲。

"健斗啊,打扰你一下,能帮我调下空调吗?"

"啊?"

外祖父手里握着自己房间空调的遥控器。遥控器原本是设置好了的,只要按一下中间的大按键就能开暖风,看来可能是因为放在枕边压到了其他按键,发出的哔哔声令外祖父担心打乱了原有的设置。看了看液晶面板,温度设置依然是之前的二十二度,按原来的方法打开就行,但心里清楚的健斗还是压下被打扰的不快,去了外祖父的房间,佯装用遥控器调了调温。

"咦,是不是坏了。你按到哪个键了?"

"嗯……我不知道。"

"得找时间修一下,今天就先忍一忍吧。要是觉得冷,去床上躺着就好了。"

如果把房间变成一个让外祖父感到舒适的空间,那外祖父渴望有尊严地死去的动力也会冷却下来。

"不好意思啊，真对不起。"

上午十一点半，早早吃完午饭的健斗又开始学习起来。学了一个半小时，心思渐渐懈怠下来，健斗就去了和式房间。今天是做上半身训练的日子，又要忍受地狱般痛苦的"伏地挺身"了。踏入榻榻米铺就的锻炼场所没几秒，健斗的恐惧就扩散开来。为了抑止自己的恐惧，他迅速脱光上半身，跟着计时器开始了锻炼。等到最先的八十秒训练结束，瘫倒在榻榻米上时，健斗问自己：一定要做这个吗。然而很快，他又想，自己必须做这个。这半个月里，健斗在市民体育馆两度挑战了自己的举重极限。相较体重六十六公斤的健斗做的自重训练，仰躺在举重床上，在血液供不上大脑、呼吸也上不来的状态下，把一百公斤的杠铃下拉到与胸等高的这项训练更能令胸肌和背肌得到高效锻炼，第二天肌肉的痛感也会严重许多。但是在"伏地挺身"带来的包含精神层面的综合增长面前，这项训练的意义只是开拓举重极限，根本不值一提。锻炼"伏地挺身"到体能极限，身体的其他部位也会练就迫近极限的精神力量。通过痛苦少、讲求效率的训练打造起来的身体并没有镌刻进能够忍受最大困难的精神力量，因此也只能糊弄糊弄人，健斗对这种训练十分不屑。更何况他最厌恶的，就是只能在有专业器械的地方才能锻炼的那种不自由的感觉，就像是病人要靠导管维系生命一般。到了最后的第五组训练时，健斗把先前一直撑在地上的右手翻转了过来。大拇指根处的痛感渐渐消失，健斗变掌为拳，一直坚持到最后。就在计时器发出电子哨声，宣称训练结束的同时，健斗也一头倒在了地上。

健斗洗了个澡，用保冷剂做冰敷时又顺便翻了翻晨报。报纸上刊登杂志广告的地方，两个显眼的标题跳入健斗眼中。一个是有关六十岁以上人士性生活的特辑，还有一个是"探寻悍然攀登富士山的九十高龄老妇健朗秘诀"。报纸的一篇正式报道也介绍了在生物学界提出新发现的八十八岁的研究者。入眼尽是有关头脑清晰、身体健康的老人的新闻。健斗叠起报纸，把今天要还的电影 DVD 放进播放器，按下了播放键。一连好几天，健斗都在看把生命诠释为物品的电影，努力减少内心对死亡的敬畏。他昨天看了讲述南美儿童犯罪团伙的《上帝之城》，不禁想到，既然拥有未来的孩子都会囫囵死去，那残喘存留的老人就更无畏死亡了。

看着《百万宝贝》中的女拳击手主角连连取胜，健斗仿佛感到先前做"伏地挺身"时留下的肌肉疼痛又发作起来。锻炼的成果就是靠疼痛显现出来的。现在的老人都只图一时痛快，不愿为实现自己痛切的愿望而努力。健斗想，这样的他们应该放到军队里去，为各自的生死塑造相应的身体和精神条件。对想活下去的老人，如果规定必须走上一公里才能获得每次的饭食，那么不管愿不愿意，他们孱弱的腰腿和不眠之症都能被治好，促使他们掌握自立能力也无须多余的预算和工夫。

电影最后一幕,在深夜的住院大楼里,教练克林特·伊斯特伍德偷偷帮全身不遂，包括四肢等大部分身体部位坏死的女拳击手实现了她一心求死的愿望。看到这里，健斗不禁热泪盈眶。电影是差不多十年前拍的，即便如此，只比外祖父小五岁的美国演员兼电影导演能创作出如此精彩的作品这个事实还是令健斗产生希望：外祖父内心是否也埋藏着与他的外在截然不同、堪比克林特·伊斯特伍德一般令人惊艳的什么东西呢。

12

"我去找朋友玩,晚饭你和母亲先吃吧。"

把叠好的衣服拿给外祖父时,健斗顺势说道。外祖父从微微上调的自动床上略抬起身,点头说道:"知道了,路上小心。"

那细瘦的身体里发出的虚弱声音让正受肌肉疼痛侵袭的健斗十分不快。半个多世纪以前,外祖父也曾接受过"伏地挺身"的强制性严苛训练。他现在的身体状况似乎在告诉健斗,不管做多少"伏地挺身",活了半个世纪后,健斗的身体也会变得如他一般,精神还会随同身体一起堕落。看到现在的外祖父,就知道未来的自己会多么受人轻视。健斗想,就算是为了向孙子显示自己的威严，外祖父至少也该在形象保持上做到善始善终。

车开在稍有些堵的道路上。等到了租赁店的停车场，手机里还是没有任何动静，健斗于是拨了亚美的电话号码。亚美今天下班后，两人也许能见见面。要是这样的话，健斗就会按着往常的老一套路线，先去奥特莱斯商场接她，然后再去位于八王子街区的那家旅馆。约半小时前就给亚美发了短信，到现在还没回复，她可能还在上班。健斗拿着租赁店的袋子和手机去了店里，准备返还先前借的 DVD，再物色一些要新借的电影和成人影像。

在店里待了有四十分钟，手机一直没有动静。健斗借好了中意的光碟，回到车里又给亚美打了个电话。那边没人接，看来只能随便找个地方消磨时间了。健斗发动了车子，这时亚美的短信过来了：今天见不了面，抱歉啦。

健斗看到短信，心情一下子烦躁起来。电话刚打过去，亚美立刻就回了短信，却没有直接打过来。她的工作就是接待顾客，既然能回短信，那现在应该要么正在休息，要么就已经下班了。短信里只说不能见面，原因却只字不提，这让健斗十分不快。迷惑了一阵，健斗直接开上了回家的路。

"我回来了。"

为免惊到外祖父，健斗预先大声说道，他看到起居室的灯还亮着。

健斗走过昏暗的过道，正准备打开起居室门的瞬间，只见一个小黑点从起居室全力跑向厨房。

"是外公吗？"

健斗开了门，位于视线死角的厨房里传来沙啦沙啦的声响和水流声。他从起居室走向厨房，外祖父却又出现在过道上，说了句"你回来了"，边说边慢腾腾地进了卫生间。

刚才亲眼所见的、敏捷如夜行生物一般的罕见身手是怎么回事？

健斗头脑混乱地坐到沙发上打开电视，又发现电视频道和看电影之前调到的频道不一样了。起疑的健斗再次进了厨房，发现不锈钢水盆里沉着一个稍大的圆盘。餐具收纳架上摆着的餐具中，筷子和叉子都还是湿的。健斗回想起刚才沙啦沙啦的声音，又瞄向垃圾桶，在堆着的垃圾上面发现了冷冻比萨的外包装，应该是有人用烤箱烤过比萨吃。比萨正是外祖父喜欢的"软性"食物。健斗感到难以置信，又去看水池一角放生鲜垃圾的地方，在那里发现了洋葱头和洋葱皮。近来，外祖父能做的烹饪应该就只剩用电热水壶烧水这种事了。难道连微波炉都不碰的外祖父，为了满足自己的欲望，竟然可以完成在冷冻比萨上摆蔬菜、用烤箱烤熟这种复杂的家务，还刻意给掩盖了起来？

　　冲水声过后，从洗手间出来的外祖父缓慢而小心地沿着昏暗的过道走回自己的房间，拐杖声没有响起。

13

为给外祖父庆祝八十八岁的生日，健斗的姐姐和一岁零六个月的小外甥，母亲那边五兄妹中的幺儿，亦即健斗的舅舅全都聚到了健斗家中。隆重的晚餐正在准备当中，外祖父坐在沙发上逗弄着膝上的曾孙，脸上满是幸福。这样的表情已经很久没有出现过了，健斗忽然感到了自己身为孙子的力不能及。将近三十岁的自己，终归比不得刚生下来的可爱婴儿。

"外公，都说了不能亲他。"

尽管先前提醒过不能亲，免得孩子长虫牙，外祖父还是照亲不误，姐姐于是出声责怪了一句。或许是因为忙着逗弄孩子，外祖父连道歉的话都没说，不过之后也再没亲过曾孙。看着眼前的外祖父，健斗心想，原来外祖父其实抱得动孩子，还能不断逗弄他。虽说是婴儿，但长到一岁半的至少也有五六公斤重，看来外祖父的肌肉力量并不似自己印象中那么羸弱。健斗的脑海里闪现出奇珍异兽敏捷奔跑的样子。

"……都已经两岁咯。"

"拓海是十一月出生的，现在才一岁半呢。"

"啊，是这样啊。"

"您还记得铃江多大吗？"

健斗问起姐姐的年龄，外祖父似乎想了几秒，开口说道："该是三十七吧？"

"真是的，是三十二。那我呢？"

"唔，三十……"

"是二十八！您还记得自己的生日吗？看来是不记得了，当然就更记不住我的了。"

再之后经过一番询问，健斗发现外祖父已不记得所有人的生日和年纪了，也不知为何，他把大家的年纪都加了五岁。然而对自己的生日和年纪，外祖父却记得一清二楚。

以西式牛肉和通心粉沙拉等柔软食物为主的豪华大餐告一段落，说了句"真好吃"的外祖父趁着大家忙于收拾的间隙，大着胆子说："老五，帮我收拾下盘子。"这句话似乎唤醒了舅舅在与外祖父共同生活的四年间养成的惯性。舅舅正习惯性地要去帮忙，高兴地逗弄着孙子的母亲一瞬间变了脸色，严厉地飙出一句话来。

"不是说好了自己用的东西要自己收拾嘛！"

"老五……帮帮忙。"

面对双手合十、声音一下虚弱起来的悲怆外祖父，向来体贴的舅舅和平时没与外祖父生活在一起的姐姐都面露不忍。

"今天是外公的生日，就迁就他一下吧。"

姐姐说着就从沙发上站起身来。健斗不由得想呵斥她：外行人就别掺和进来了！只想着当下施点小恩小惠的人还真是让人头疼。站在促使外祖父掌握自理能力的立场上来看，姐姐和舅舅根本就不应该不假思索地出手帮忙。健斗对外祖父的过度看护是为了帮外祖父实现无痛死亡的愿望，虽然从表面上看，这与姐姐欠缺考虑的关怀没什么两样，但他们的行为理念却是截然不同的。你们还是先看清结果，决定了自己的立场之后再考虑怎么对待外祖父吧，健斗想。从这一点上来看，想要促使外祖父自理的母亲与健斗的立场虽然背道而驰，但两人的所为都建立在真正为被看护人考虑的基础上，健斗能在母亲那里感到共鸣。在母亲一人的威压下，外祖父最终屈服，如往常一般把自己的盘子拿到了厨房。因为还有观众在场，外祖父的脚步比起平常孱弱到了十分夸张的地步。似乎是一瞬间留意到了环绕在现场的紧张感，小外甥开始哭了起来。

吃完了饭后的蛋糕，健斗和姐姐、小外甥、外祖父坐到摆成 L 形的沙发上，几个大人一起逗弄着可爱的婴儿。身后的餐厅里，母亲正悄声和舅舅说着牢骚话，还在谈一些正经事。健斗听到他们在说该把外祖父送到哪里的养老院，谈得非常具体。十几年前，外祖父和老三夫妇一家分住在同一宅地的不同房子里。在儿媳妇的挑唆下，外祖父没少受儿子的刁难，后来就搬到了同在长崎的大儿子家。然而大儿子家的两个孙子不到半年就双双从公司辞了职，后来又遭遇了工厂裁员，连大儿子自己都得了胃癌，一家人无力再照顾外祖父。之后，外祖父搬到独自在埼玉生活的小儿子家里，还把自己的居住地也改到了那里。和小儿子住了四年后，外祖父来到了排行老二的大女儿家里，也就是现在这个家。排行第四的小姨嫁到了冈山，因此平时和外祖父甚少往来，也没办法赡养外祖父。

"预约倒是还没……"健斗听到母亲的声音向这边传来。他看着逗弄着曾孙的外祖父，怀疑地想，外祖父那单向麦克风似的耳朵真的什么都没有听到吗。

"老五，你那里是不是还有我夏天的衣服？怎么没带过来呢。"

外祖父转身向后说道，似乎是要盖住母亲和舅舅的谈话。

"啊？没有啊。"

"你都没找，怎么知道没有。"

外祖父瞪着舅舅，用责骂的口吻说道。母亲立马抱怨上了："又来了。"

"这次连休的时候我去你那边。"

健斗已经很久没见过外祖父摆出这种强势的态度了。外祖父就像只家养犬一样，懂得搜寻能包容自己无理取闹的对象。在孙子面前，外祖父不会卸下社会上通行的假面，但他会凭着自己的嗅觉区分对待与自己有直接关系的儿女，尤其是舅舅这种性格平和、又不还嘴的人。外祖父会毫无底线地对他们耍横，他的这种性情一年比一年明显。外祖父的目的只有一个，就是要让别人听到自己的任性话语。在这个目的达成之前，他会毫不停歇地一直说下去。

"去什么去！没人带你去埼玉，我是不会开车送你过去的。"

"让老五从那边开车过来就行。"

"让老五开车过来？就为你那点破事，还要特地劳烦他，想都别想！"

似乎觉得就算受到母亲的怒声呵斥，舅舅这个人还是能攻克下来，外祖父之后又明里暗里地示意了一会儿，最后终于无奈放弃。他从后面转回来，垂着头用几不可闻的声音呜咽着说："我还是死了的好啊。"姐姐安慰外祖父："您别这么说。"健斗却生气地斥责姐姐："别说这种废话。"为求安慰而出口的话如果真的受到听者的重视，外祖父的向死之心就会在一句句的劝慰中低落下来。姐姐已为人母，竟然还一点都不会看人。

因为平常见不着面的舅舅、姐姐，还有最能让外祖父开心宽慰的小外甥都挤在起居室里，健斗就从狭小的起居室回了自己的房间。他惦念着要把先前聚餐时摄取的大量糖分和蛋白质用在全身的修复工程上，不能白白浪费掉。连日来狠练深蹲和硬拉，健斗下半身的肌肉痛感无处不在，有望实现超速恢复。然而如果不同时彻底破坏上半身的肌纤维，蛋白质播散的效果就会减半。因为右手疼痛，健斗这周一直没能做"伏地挺身"。疼了两天后，他曾经尝试做"伏地挺身"，结果大拇指根处的疼痛立刻重被唤醒。健斗据此判断，神经炎症的治愈还需要更长时间。这种痛感会不会也是神经性疼痛的一种呢，这么想着，健斗稍微体察到了外祖父的痛苦。他想，在真正理解外祖父这件事情上，自己的这种痛苦绝非无用。健斗正与上半身迟钝到极点、完全没有肌肉痛感的恐惧对抗着。但停止锻炼后肌肉衰弱萎缩、不断退化消失才是真正恐怖的事情。腹斜肌的痛感不甚明显，健斗发现尚有改善余地，他立刻仰面躺下，练起了转体仰卧起坐。自己必须时常破坏身体原有结构，补充蛋白质，不断进行全身改造，否则等待着的就是死亡。

锻炼结束后，雄性激素浓度增高，性欲也被唤起，健斗给亚美打了个电话。悠长的"嘟——"声过后，电话终于接通了。

"——我现在在家呢。"

亚美压低的声音传了过来，她上一次接电话还是很久之前的事了。健斗提出见面，却遭到了拒绝。

"你就不能顺着我点吗，还女朋友呢。"

"——都说了工作太累了。为什么我一定要配合你的时间呢？"

"啊……你想啊，这人要是不出门，不与人接触，看不到别人的笑脸，很快就会变得了无生气啊。"

亚美不想再纠缠，当即挂了电话。

14

　　结束了面试，健斗在离家最近的一站下了车。车站检票口附近聚集了一帮肌肉发达的大个子男生，看起来像是附近大学里体育会橄榄球部的学生。他们肆无忌惮地高声谈着话，似是有意夸耀自己单单站在那里就能对人产生威压的外形。健斗内心并不认为他们的身板有多么了不起。说到底，那不过是为了在比赛中取胜才锻炼出来的。在严格的监督命令下进行地狱式的严苛训练其实是一种不经思考的反射行为，而自己是在没有受到任何人命令的情况下进行艰辛训练的，在自我约束和精神高度上明显更胜一筹。健斗心绪平和地走上了通往自家的坡道，无意对外夸耀自己隐没在正装下的高尚的肉体和精神。

　　"我回来了。"

　　健斗走在过道上大声说道，以防外祖父听不见。这是周四的傍晚，外祖父不用去日间看护机构。健斗在起居室脱掉上衣，趁着收衣服的当口换了换气，像是要甩开没有对流的沉闷空气一般。在和式房间做了二十次俯卧撑后，健斗洗了个澡，冲去了汗水和发蜡。他换上刚收进来的短裤和 T 恤，淘了两合①米，把煮饭时间设置为九十分钟。用冰箱里的东西填肚子时，健斗又看了会儿晚间新闻，吃完后就关了电视。他沿着过道走向自己的房间，途中顺势打开了对面的房门。

　　昏暗的房间里，外祖父正背对健斗向下蹲着，半个上半身靠在床边，看起来像是在哀叹着什么。他对健斗

① 合：体积单位，相当于一升的十分之一。

108

的到来没有丝毫反应，这显然十分奇怪。

"外公。"

健斗打开荧光灯大声喊道，外祖父还是没有反应。健斗感到一阵寒意袭来，他蹲下身不断呼叫，又摸了摸外祖父的脑袋。外祖父的体温虽然有些低，所幸触感还是一如往常，脉搏也还在。健斗摩挲着外祖父的后背，不断大声呼唤着。良久，外祖父的脑袋终于微微动了一下，像是看向了健斗，但眼神却十分虚浮，只说了句："健斗……"外祖父皱着眉痛苦地喘息着，又哼出几个字来："好难受……"

健斗当即要叫救护车，中途又反应过来，发现自己开车去最近的救护医院会更快一些。外祖父意识尚在，说明脑内还没有出血，可以移动。健斗飞奔出家门，开车从停车场冲到公寓门口。他拉开后车门，来不及熄火就赶回家里，两手抱着仰面朝上的外祖父，拖着凉鞋就出了门。下了楼梯，健斗让外祖父躺在后座上，开车出发。

没多久，健斗想起钥匙还插在门上，然而现在没空顾这些，车仍然向着医院驶去。

15

翌日一早，健斗和母亲一起来医院探望了外祖父。送要上班的母亲去了车站后，健斗又回到医院，坐在昏暗的病房一角。病房里住了六个老人，靠近过道的一侧没有窗户，病床间又被用拉帘隔开，这里就成了一个完全看不到外面风景的沉闷空间。输氧、点滴，再加上心电图，等等，熟睡的外祖父全身都插满了管子。他要是睁开眼睛，发现自己置身在这个比家中朝北的房间更加狭小、几乎透不进自然光的空间里，大概会有想死的心吧。自外祖父第一次住院以来，健斗就厌恶起了这家久未来访、满是药味的医院的独有气味，但这次送外祖父来这里也是健斗自己的选择。外祖父的第二次入院起因于服药自杀未遂，当时救护车送进的医院比这家稍微远一些。至少在需要紧急处理的时候，这家弥漫着药味的医院还是能够应对的。外祖父这次的诊断结果是急性心力衰竭引起的急性肺水肿。

不单对患者，连对探视的人都会轻柔问话的年轻女护士进到病房，开始了每天的查房工作。怕妨碍护士检查，健斗就走到了拉帘外面，结果和斜对面病床上的老妇人对上了视线。"杀了我吧"的大声控诉又开始了，健斗于是出了病房。后背的肌肉很疼，是昨天抱着外祖父飞奔造成的。健斗有些害怕外祖父睁开眼睛的那一刻。去年因服药自杀未遂住院的时候，醒转的外祖父曾经意识蒙眬地倾吐出包含了自己真实想法的胡话。当时的外祖父眼球血红，脸颊浮肿，那有如怪物一般的形象令健斗印象深刻。这次，注意到回了家的孙子隔了很久才来自己房间的失职行为，不知道外祖父会不会放下外祖父这个身份的约束，站在平等的立场上冲自己大发责难。

健斗一直在想，那个时候，在寂静无声的屋内弥漫着的不同寻常的气氛中，自己发现了外祖父的异常后，有没有下意识地想要故作不知呢。

　　如果自己当时置之不顾，一直等到母亲回来，那么外祖父现在可能已经去了另一个世界。但那个时候的外祖父正陷在痛苦当中，痛苦中的死亡并不是外祖父所期望的。

　　健斗坐在候诊室的椅子上看着报纸，等护士结束检查。报纸上刊登着为筹备东京奥运会，人手被抽调去建设东京市中心，以致东北受灾地的修复工程迟滞的特辑；还有为推迟财政漏洞的出现，政府再度发行国债，日本银行对其大量收购的报道。护士从健斗的眼前走过，知道检查结束的健斗回到病房。

　　"干脆杀了我吧。"

　　注意到健斗进了病房，老妇人的叫嚷一时更甚。然而拉上帘子没多久，那边就安静下来。老人们说的话都

是这一套，简直像之前商量好了似的。斜对面那个声音
洪亮、精神饱满的老妇人就不说了，这层楼里住着的净
是和外祖父一样靠全身插满导管来续命的老人，如果听
天由命的话大概早就死了。健康的人都不能理解即便忍
受痛苦到最后，等待在前方的也只有死路一条的人们怀
有的迫切愿望，只知道对经历过人生的前人说些诸如好
死不如赖活着之类的陈词滥调。健斗想，对没有未来的
老人说这种话才是真正的不经思考，他自己都看不起不
久之前的自己。笨猪们为了安身立命，不愿脱离思想僵
化的人道主义多数派所持有的见解，未经深刻思考就对
老人说出那样的话。难道他们想象不到一天二十四小时
都只能望着白色的天花板和墙壁是何种心情吗？听着外
祖父吸氧声的健斗坚定立誓，自己要更加彻底地与促使
苦难中的老人继续痛苦活下去的僵化言辞做斗争。

16

外祖父住院三天后的傍晚，健斗来到医院。他把拉帘拉开后，外祖父迟了一拍才意识到眼前的人既不是医生也不是护士，而是自己的孙子。不过他对人的感知还是很敏感，与平时待在朝北房间里的时候没什么不同。

"身体怎么样了？"

"难受啊。你看，我胳膊上还扎着针呢。睡着翻身的时候可疼了。"

"能睡着啊？"

"睡不着。夜里九点就关灯了，但是我完全睡不着。三点多的时候好不容易睡着了，七点又要被叫起来。想着七点半再睡吧，对面房里又开始按着顺序来送早饭了。"

"早饭吃什么？"

"这么大的碗里装碗水一样的粥，太难吃了。还有用梅子做的、软软的那个……"

"梅子酱？"

"嗯。还有什么来着……完全想不起来了。已经糊涂完了，人老了不中用喽，还是早点死了的好啊。"

两人的对话比起昨天，还有前天，没有丝毫改变。见面时间拖长的话，外祖父还会在一天内把同样的话说上两三遍，健斗也会应和着重复同样的话。健斗说给外祖父听的话和外祖父说给健斗听的话都会在外祖父的记忆中消失。即便知道几个小时后就会被外祖父忘却，对话还是继续了下去。健斗虽然对谈话本身感到不耐烦，却奇异地并不觉得无聊。知道对方要说什么的谈话过程就像精神上的一场修行，往来反复中，健斗感到自己内心的一些东西因此得到了归整。健斗还发现，在说完没多久就从外祖父记忆中远去的对话内容里，只有那些给自己带来危机感和压力的信息，外祖父才会像动物一样记得严严实实。

"我做了个梦，梦见了以前的同伴们。"

问起外祖父昨天晚上是怎么度过的时候，外祖父这样回答道。

"同伴？"

"那时不还在打仗嘛，几个同伴坐上'樱花号'就走了。还没等我上去呢，梦就结束了。我就这样活到现在，也该来接我走了。"

胳膊上还打着点滴的外祖父没办法双手合十，但眼睛与嘴巴缩到一块的那张脸还是在祈祷着什么。女护士就在这时出现了。

"不好意思，我们现在要给病人做一般检查，能不能给我们腾出点地方？"

护士看起来四十岁上下，对健斗说话的声音仍然十分轻柔。为逃离被当作病人对待的不快感，健斗转移到了走廊上。他顺便用手机浏览器搜索了方才第一次从外祖父口中听到的词。外祖父所说的"樱花号"应该就是第二次世界大战后期日本海军投入到实战中、专用于特攻的喷气式滑翔机。搜索结果里说，与零式舰载战斗机等螺旋桨式飞机不同，"樱花号"的机体构造十分简单，只在导弹上装了操纵杆。它从搭载机上分离后会滑翔一会儿，等到靠近目标时就会喷气，从超低空猛速撞击敌军战舰。健斗又在五英寸的屏幕上查找了很多有关"樱花号"的其他信息，得知人类历史上第一架水平飞行速度超过音速、从属于美国陆军航空队的喷气式飞机 Bell X-1 在设计开发时，有很大可能参考了纳粹德国的 V2 火箭和"樱花号"的设计，这一点是否属实尚不得而知。外祖父说不定真的乘坐过"樱花号"。健斗试着在脑海里描绘那副黑白画面，但那一幕实在离现实太遥远，他没能描绘出来。取而代之的是，健斗过去在电影里看到的橘色的 Bell X-1 超音速飞行的彩色画面。父亲生前时常会在下班回家的路上借回一些光碟，健斗与父亲一起看了那部电影，第一次见到了 Bell X–1 飞行的画面。

外祖父吃晚饭的时候，健斗还没走。外祖父让健斗帮忙刷假牙，这是除却陪外祖父说话以外久未曾有的照料。健斗想起了自己的使命。外祖父渴求没有痛苦和畏惧的死亡，自己作为孙子必须给予帮助。既然很多东西都会隔代遗传，那么在续命医疗更加发达的未来世界，自己应该也会迎来面临同样挑战的时刻。抑或说，自己会像和外祖父没有血缘关系的父亲一样，在正值壮年时猝然离世呢？

"让我死吧。"

健斗站在病房窗户一侧的洗脸池前，老妇人面向他大声嚷道。她面部朝上，因而只仰起头的姿势需要用到很多腹肌的力量，音量大说明肺和横膈膜周围的肌肉状态良好，看来她身体还算得上硬朗。一个声音轻柔的年轻女护士来到老妇人身边，和先前的女护士不是同一个人。

"杀了我吧!"

"您再稍等一会儿哦。"

"哦。"

老妇人安静下来,像是办完了事情的护士也很快离开了病房。健斗洗着假牙,看向窗外,只见夜空中挂着一轮满月。月亮十分美丽,在朝北的房间是绝对看不到的。健斗直直地看着,感到病房里似乎降临了温柔的渡人使者。直到把洗好的假牙放进盒子里,健斗仍然没能将目光从月亮上移开。他想,被月光夺去心神这种事原来真的存在。人类大约在五十年前就能飞向宇宙,沿月球轨道环行,这么看来,不能去往没有痛苦的天国这件事就显得难以理解了。

健斗回到拉帘分割出的空间里,把假牙交还给全身插满管子的外祖父。他强烈地感受到,自己不能让外祖父在这个没有窗户、所有人都无一例外地要面对公式化的轻柔声音这种不人道且阴森的空间里，迎来人生的最后时刻。急性心力衰竭也好，肺水肿也罢，这种充满戏剧性、痛苦过大的省事死法并不适合外祖父。

"早点接我走吧。"

健斗忍不住呵斥道："也不该死在这种地方吧！"

他在心里对外祖父呼喊着：凭自己的意志抓住没有痛苦的死亡吧。这比打破音速限制还需要多得多的无畏精神，有心尝试的你应该可以做到。

"这种鬼地方，得早点出院才好。和我一起回家吧。"

"我也想回啊，可现在这样根本回不去。"

"别这么想。"

健斗说出了久未说过的安慰话语。外祖父身上一定存在能让他实现自己那个荒诞梦境的天性。

17

　　下午两点多，健斗在神宫前结束了面试，准备回家。他沿明治神宫前站的方向走了一会儿，从代代木公园转到了新宿方向。许久没有性生活，健斗只能靠每天拼命自慰来维持精巢的精子活力。此外，他还要锻炼身体，发奋学习，每周差不多参加两次面试，因此每天都过得十分忙碌。从前看也不看、自知绝无可能的超一流企业，现在还时常去参加它们的面试，健斗由此积聚起了直面困难的耐性。

　　从新宿乘电车回到家里，健斗换过衣服，走进洗手间，手竟然下意识地搜寻起采尿杯来。他前天才刚刚结束了为期五天四夜的医疗实验，从医院回到家中。因为还要找工作，健斗选择参与的是短期实验。这是他人生中的第二次医疗实验，是在四个月的停药期结束后开始的。整个实验实在是太严苛了，住院大楼禁止外出，还硬要给人灌很多水，每隔一小时采血采尿。想要在非固定时间去厕所的话，就必须在前台领采样杯和洗手间钥匙。为了蓄尿，排出来的尿液要全部放到厕所里的冰柜里保管，因此连自慰都不行。食堂兼大厅又有看电视和玩游戏机的被试者，所以也没办法学习。血液里肌酸激酶的浓度不能上升，因而连拉伸运动都不能做，实在太难挨了。一想到一个小时后就要强制进行采血采尿，连在床上看参考书都静不下来，结果只能直挺挺地躺在床上望着天花板。这和健斗在家时，勉力把自己想象成外祖父的实践完全不同，残酷得令人几欲发狂。但想到自己的目的不仅仅是为了钱，同时还是为了推动医疗发展，健斗就怀着一股荣耀感坚持到了最后。

从医院出来后，健斗对外祖父更加感同身受。他去房间瞧外祖父，躺在自动床上的外祖父在枕边放了一个座钟、两块手表和一个小 LED 灯。外祖父求母亲买自动调节床一直求了几年，最后还是健斗给他买来了。然而买来后外祖父完全没有用过自动调节的功能，他更常做的是在枕边放药和各种小东西。健斗为买床花光了自己本就不多的存款，他十分生气，觉得自己被愚弄了。

"难受……真想死了算了。"

外祖父从床上坐起半个身子，用女人一样细小的声音望天说道。他接着又颓然地垂下头哭泣，断断续续地抱怨着什么，身体比住院前更加羸弱了。在弥漫着药味的医院过了两周卧床不起的生活，外祖父的肌肉、神经，还有大脑这个神经中枢变得愈加衰弱。他的牢骚话变多，想死的愿望愈加强烈，忘性加重。终于在前几天，外祖父的耳朵完全听不见了。那天健斗带他去了助听器店，一番检查下来，负责检查的人说外祖父的听力本身并没有衰退，只是不能对声音集中注意力。然而听力和大脑没被指出问题，反而是精力无法集中这件事让外祖父本人相当不满。外祖父的身体确实更加衰弱了，相应地，看不见、测不出的痛苦也前所未有地增强了。这就意味着，外祖父渴求无痛死亡的动力也前所未有地高涨着。

"早上和中午的药都吃了吗？"

外祖父想不起几小时前的事情，又开始用细小的声音哭起来。健斗没顾上他，去起居室检查了下分装着药的小袋子。种类繁多的药全被健斗分成小份，上面用马克笔写了服用的时间段。看完药袋子，健斗知道外祖父午饭后忘了吃药。他带上那个袋子和一杯水走向外祖父的房间。健斗要让外祖父不为药物分类费脑筋，不为去放药的地方费腿脚，彻底剥夺外祖父的一切能力。

"看，这是您爱吃的那个对血液流通有好处的药，把它吃了吧。"

那家满是药味的医院给外祖父开了很多大剂量的药，对食量小的老人而言都抵得上一顿饭的量了。外祖父得分好几次才能就着一杯水吃完所有的药，那种饱腹感甚至能令他感到痛苦。吃完了药，健斗又整理起因为进出医院和梅雨季节时换季更衣而变得乱七八糟的房间。他不想多动脑筋，就直接丢掉了以前的药，穿不着的冬衣就一件件拿给外祖父过目确认。

"这件衣服已经穿不着了吧？"

"嗯。"

健斗把剩下的衣服也全都分门别类地归整好，已经穿不着的衣服就当着外祖父的面放进了硬纸箱，用胶带封好，放回到储物间。

18

　　这天是日间护理日，外祖父不在家。下午两点多，学习告一段落的健斗怀着抖擞的精神和恐惧去了和式房间，开始"伏地挺身"训练。右掌的神经炎症已经好转，为让迟钝的上半身有所增进，健斗准备把"伏地挺身"的时间延长到八十五秒，仍然做上五组。中午吃了很多，不知道血液中处于饱和状态的糖分能否在瞬间补充到运动能量上，健斗睡意全无，变得跃跃欲试起来。他脑海中浮现出外祖父的面容。之前抱着外祖父飞奔的时候，后背的肌肉出现过痛感。要战胜顽固的肌肉，自己必须获得能够更加轻巧地带着重物飞奔的力量。外祖父在两点钟的时候会睡一小时午觉，现在他应该正睡着觉，任由肌肉退化，而健斗已经进入了第二组的地狱式训练。电子哨声响起的同时，健斗颤抖着倒下，嘴里不由得谩骂起来。他的脑海里闪过一丝疑虑，自己现在正为了一周只要落下一次锻炼就不能维系的东西而努力着，却不知道这种努力今后能不能长期继续下去。然而大脑在剧烈的呼吸中不断重获氧气，冷静理智的那部分又催促着健斗站起来继续锻炼。一定时间内的密集锻炼能增加肌纤维胞核，从而令肌纤维蓄积起对密集锻炼的记忆。这就是年轻时常常运动的人在重拾运动后，马上就能练回从前的肌肉的原因。这就意味着，即便几个月后健斗会厌倦这种地狱般的生活，现在的锻炼也不会是毫无意义的，因为肌肉会牢牢记住健斗在这个地狱里进行的一切抗争。健斗控制住全身的颤抖，再次把脚尖搭到了凳子上。

快到六点钟的时候，窗外传来柴油引擎的声音。今天早上，健斗一直把外祖父送到了楼下。护理机构的员工知道自己今天在家，不出去接人就说不过去了。健斗暂时停下学习，走向楼下的停车场。

"您回来了。"

健斗和工作人员打过招呼，接回外祖父，走到小心行走的外祖父的斜前方，离开了巴士在的那片地方。等步伐缓慢的外祖父走到楼梯口时，巴士也终于调转方向，远去了。

站在楼梯口前，外祖父喘上了气，像是故意要健斗听到一般。

"我走不动了。"

健斗无言地看了看外祖父，又看了看荧光灯照亮的楼梯。楼梯有十三级，过了夹在中间的平台后又是十三级。上小学的时候，同年级的女生来这里玩，结果从平台上滚了下去。她当时大哭了一场，实际上却毫发未伤。这段楼梯还锻炼了健斗的腿脚。将近一分钟过去了。

"您不上楼怎么回家啊。"

都这么说了，外祖父还是垂头靠在扶手上，完全没有要上楼的意思。明明没有急性腰痛，上个楼又不会走一步就痛个激灵。健斗的内心翻涌起困惑和怒意。外祖父的身体和精神又前所未有地弱化到了一个新高度。健斗没有买他的账。

"您做出这副样子，是希望让别人干什么呢？如果连想让别人做什么都没考虑好，就表现出这么个有气无力的样子，身边的人也不会想到要为你做些什么。是想要我背上去吗？如果这就是您的目的，我倒是可以这么做，但您要是不把自己的想法说出来，谁也没法帮您。"

"这种事也不用非得说出来啊。"

外祖父呜咽着小声说道，一下子趴到了扶手上。

"哭有什么用！"

健斗响亮的声音回荡在楼梯口，住在公寓里的中年女人恰在这时上楼走过。这之后，外祖父自己爬完了楼梯，也没耗费多少时间。

19

　　外祖父周六去了短期入住机构，健斗今天来这里接他。机构里的员工们看到健斗，都面露异色。可能是因为下午三点不到就来接人实在是太早了，在员工们看来，这简直就是明晃晃的突袭考察，他们因此感到不快。然而若真是这样，这就说明他们确实有做什么不欲为人知的事情。健斗像是冲杀入敌阵一般去了外祖父的房间，看到了意想不到的一幕。外祖父正触摸着年轻女护工的胳膊和身躯。当然，外祖父这时正要下床，护工是在帮他，但外祖父的触碰已经超出了正常的程度，明显是借机揩油。外祖父在家时根本不需要别人帮忙。他那血色不良而肿胀的手下流地猥亵着年轻女孩的白嫩肌肤。

"你自己不是能下床吗。"

"啊……啊呀，你来啦。"

看到突然出现的孙子，外祖父吓了一跳，两手从女护工身上拿开，霍地一下站起身来。老头都八十八岁了还做出这种色欲熏心的事情，真是恶心，健斗想。老人的色欲究竟是种什么样的东西呢？如果它的存在是为了子孙繁荣，那自己死了，给下一代减少负担才更有利于子孙繁荣。外祖父以子孙繁荣为愿景的色欲和为了健斗这一代的繁荣而帮助外祖父有尊严地死去这件事，又在这一点上有了贯通之处。帮助仍然暗怀色欲的外祖父前往另一个世界的行为，应该也是外祖父这个渴求子孙繁荣的色情老头的夙愿。健斗半强迫地把外祖父带离了短期入住机构。

带外祖父在满是药味的医院做过检查，健斗下午五点半左右回到了家里。做完收衣服、清理浴池、淘米等一系列家务，又把外祖父新开回来的药分好类后，健斗回到自己的房间，全力自慰起来。先前外祖父暴露出的色欲实在太让人恶心了，自己不能像他那么过火。连泄三次过后，疲惫的健斗躺到了床上。在二十多岁的一代人高涨的性欲面前，外祖父下流的手上动作不过是弱者在对外寻求帮助，相形之下倒显得纯净许多。

之后，健斗独自在起居室看起了租来的光碟。这是一部由美国有线电视台制作的、有关第二次世界大战时日本旧帝国海军的纪录片。正看着的时候，母亲回来了。

"怎么在看这个？"

四十英寸的液晶电视上，画质粗糙，只有红蓝两色相对明显的浅淡画面似乎让母亲感到怪异。

"这里面可能有外祖父当年开过的特攻专机，我想看看是什么样子。"

"特攻？根本没那回事。他当时落选了，没去开飞机。真要说的话，在水户的时候，他倒是好像用高射炮打过敌机。"

面对瞬间飞来的大量信息，健斗发蒙了。

落选、水户、高射炮。

"这是从外祖父那儿听到的吗？"

"不是啊。直到我上中学那会儿，你外祖父的战友还会偶尔到家里来，外祖母和家里其他人，还有外祖父的那个战友就是这么说的。你外祖父反倒没说过什么。"

健斗混乱的视野里映出美军拍摄的影像，像是在黑白底色上着了蓝色的彩色画面里，一式陆上攻击机无声地飞着，把"樱花号"送入了绝境。

经历过紧急入院、了悟生死的人，真的会说谎吗？

有人说了假话。

"这和我从外祖父那儿听到的不一样啊。"

"我不知道那个老糊涂给你灌输了什么，反正我自己都不记得他说过这些。你外祖母和当时家里的其他人，还有那个战友都已经去世了，也没办法找他们确认了。"

母亲说完，就从刚在超市买回来的五个装甜甜圈里拿出一个消灭掉，然后去了厨房，开始准备晚餐。

20

正在学习的健斗被拐杖声削弱了注意力。外祖父好像老是在过道上来回走动。这么想着的时候，外祖父从房间走到了过道上。

"你干什么呢？"

"我想走动走动，不能老躺着。"

外祖父平时根本就不运动，这会儿却像是故意做给人看似的，一直在那里走着。

"别在那儿瞎打转了，打扰到我了！你也就今天心血来潮走一走，反正明天又要回到以前的老样子，能有什么用！"

健斗大声说道。外祖父道着歉，缓慢地回了自己的房间。如果任由外祖父走动，他就会逐渐淡忘掉自己痛切的愿望。

下午三点多钟，健斗把药装到托盘里，又带上切好的蛋糕卷和大麦茶，去了外祖父的房间。雨天阴暗潮湿的房间里，外祖父睁开的双眼直直望着天花板的方向。莫不是死了吧，健斗正这么怀疑着的时候，那掩埋在皱纹中的一双小眼转向了健斗。

"点心来了。"

外祖父费了些时间才起身，起来了也只用大麦茶润了润口，没有要吃蛋糕卷的意思。几小时前的自发走动好像不曾发生过一般。健斗故意吃起了搭配点心一起端来的硬牛肉干，还顺势卷了卷袖子，展示年轻人精壮优美的肌肉，借此让外祖父感受自己枯瘦衰败的身体与年轻身体之间不可逾越的绝对差距。

"一天到晚都躺着起不来……真难受啊。"

牛肉消化过后，其中的蛋白质会散向体内，补充到全身的炎症患处，加粗并增加肌纤维，让健斗发育增长。在健斗这样的身体面前，较之住院前愈加干瘦的外祖父微弱地为自己的死亡和各种事情祈祷着。

"保佑健斗生活幸福。"

"不用给我祈祷。"

健斗对双手合十的外祖父说道。这之后，外祖父又叽里咕噜了一大堆，把健斗和健斗的母亲、护工人员、过去的恩人、身边麻烦过的人都感谢了个遍。

"我唯一放心不下的就是老四。"

嚼着牛肉干听外祖父祈祷的健斗一时还没意识到外祖父说的是三舅。

"沦落到那个地步……"

那位舅舅之前曾经和自己的老婆一起虐待过外祖父，后来离了婚，又死乞白赖地找外祖父要钱花。在身在东京的母亲和小舅舅的合力主导下，家里人和他断绝了亲属关系。他现在靠领生活保障费过活。健斗自出生以来，还是头一回听到外祖父对那个舅舅的怜惜话语。

"要是不能见上一面，我就是死了也没法瞑目。"

外祖父充满悔意与慈悲的话语透露出一丝违和感，健斗试着去分析原因。在他的印象中，外祖父身在长崎的三儿子夫妇应该不是什么好人，然而这种印象是以从住到东京后很少回老家的母亲那里听到的话为基础建立起来的，母亲也不过是在电话里听外祖父说的。十多年前，还是高中生的自己曾经为参加外祖母的身后法事去过长崎。当时包括外祖父在内，亲戚们说的话，健斗有一半都听不懂，对他们难免有所戒备。那时，许久未见的舅舅夫妇二人和同龄的两个表兄都还是性格直爽的好人。

外祖父离开老家应该不是因为三儿子夫妇的虐待。只有这样，外祖父口中的后悔才说得过去。接管照料外祖父以来，母亲对外祖父的态度变得十分严厉。从前的外祖父比之现在应该要任意妄为得多，如此也足以想见身边人的疲于周旋。然而舅父舅母早已离婚，音信不通，如今已无法确认外祖父是不是真的受到过他们的虐待。外祖父现在每天都对这种事喋喋不休，但在比自己多活了半个多世纪的外祖父身上，健斗感受到的谜团却越来越多。即便如此，他也没有勇气就许多事情直接去问眼前的外祖父。比起说话触犯到陌生人，向年长的直系长辈打听过去的事情远让健斗感到畏缩。就算直接问外祖父这件事，他应该也只会依着自己脑子里的空间和时间，说些风马牛不相及的话。

"这个蛋糕又软又甜。今天吃过的东西里，我最喜欢的就是这个了。"

不知何时拿过蛋糕的外祖父说道，露出了今天的第一个笑脸。战争电影里，老爷爷和老婆婆总是一脸神奇地对半个多世纪以前的事情喋喋不休。健斗想，自己与其说是想了解外祖父的过去，其实不过就是受到了没能听身边人讲过去的事情这种羞耻感带来的震动。他甚至有些埋怨让自己产生这种想法的外祖父。

"昨天在日间护理机构都干什么了？"

"让我想想……啊，先是做了折纸手工，然后睡了午觉，吃了点心。"

"上周待在短期入住机构的三天做什么了？"

"啊……记不清了。"

"还记得拓海的生日是几号吗？拓海多大了？"

"都不记得了……我已经痴傻完了。还是死了的好啊。"

之后，健斗又问了很多外祖父根本不可能想起来的问题。他要对外祖父施加失去回忆这个对当事人来说最为巨大的压力，让外祖父的大脑和身体萎缩，从而让他全身心渴求有尊严的死亡。

"上一次的相扑正式比赛最后是谁赢了？"

"健斗啊。"

一直垂头扶额的外祖父突然望向健斗。

"我要是死了的话，你可怎么办啊。"

健斗的呼吸窒住了。外祖父的这句话不知是自言自语，还是向着健斗问的。健斗决定要坚守自己的主导地位，忽略外祖父不知所云的话语。

21

"健斗妈，我今天是不是该泡个澡啊？"

"我怎么知道，想泡的话自己去和健斗说。还有，以后别这么叫我。"

吃过晚饭，因为该不该吃药等问题惹得母亲大发脾气的外祖父拜托健斗帮忙，健斗就从沙发上站起身，准备去帮外祖父洗澡。他进了更衣的地方，关上拉门，外祖父已经开始脱衣了，健斗在他前面卷好了裤腿。此前，外祖父泡澡时只要有人在场看着就行，但当从满是药味的医院回来以后，他进出浴池就必须有人在旁边搭把手了。

"要进去吗？"

"拜托了，谢谢，麻烦你了。"

健斗先让外祖父坐在椅子上，用喷头轻轻冲洗了下他的身体，接着就扶外祖父进浴池。自己锻炼起来的身体取代了那副铝制拐杖，成为外祖父的鲜活支点。健斗感到紧张。支撑外祖父这件事情本身是很简单的，但他不习惯与赤裸的老人皮肤相触的感觉，没了应有的距离感，自己的精神似乎也被剥成赤裸裸的，这让他有种难以言喻的疲惫感。

　　"泡五分钟就行了吧。"

　　健斗对进到浴池里的外祖父说道，准备把手移开，但外祖父却依然抓着他的右手腕，没有要放开的意思。

　　"我怕会沉下去。"

　　"沉什么啊，浴池这么小。"

　　外祖父的身体因为浮力微微漂着，热水只漫到他的胸口附近。或许是因为三个半规管①的功能有所弱化，外

---

①　半规管是人和动物维持姿势和平衡有关的内耳感受装置，包括椭圆囊、球囊和三个半规管（三个互相垂直的半圆形小管，对应监控外部三维空间）。

祖父的身体看起来十分畏惧漂浮的感觉。然而就在几天前，想着水要是没得太深，外祖父肯定会制造出吵人的噪声，健斗就趁着自己泡澡的时候亲身测好了最高水位。当时自己还得顶着浮力往下沉，那感觉实在不好受。

"你看看，水确实是很深啊。"

外祖父紧紧抓着健斗，清洗过的短小阴茎垂在股间。感到自己像是被沼泽里出现的怪物抓住了一般的健斗突然起了尿意。

"我去小便一下。"

"我会沉下去的。"

"不会沉的。"

健斗强行挣开手去了卫生间。回来的时候，他在起居室休整了片刻，听母亲抱怨了会儿外祖父，顺便又吃了块剩下的香瓜，然后回到浴室。刚拉开门，健斗就听到一阵急促的哗哗声。他赶忙打开半透明的门，只见外祖父右半边身子还泡在水里，两手正胡乱挥动着。

真的溺水了？

被恐惧侵袭的健斗急忙抓住外祖父的左胳膊，像是钓起暴走的怪物一般，帮着水中的外祖父重新调整好姿势。

溺水了，外祖父竟然真的溺水了。在水位没多高的浴池里，三个半规管功能弱化的外祖父陷入了无法掌控身体的恐慌中。

健斗感到外祖父在生他的气。儿时在长崎随意大吃隔壁家的金橘，结果惹得外祖父发怒的记忆和情感瞬间复苏。好不容易平稳了呼吸的外祖父抓着健斗的胳膊，无言地催促着健斗把他扶出浴池，内心不安的健斗也一言不发地为外祖父清洗着身体。外祖父既没叫苦也没抱怨，什么都没说。他身上散发出的压力几乎要把健斗击溃。

外祖父该不会以为自己是故意想让他溺水的吧？

外祖父可能不会相信这只是一起偶然事故。事实上，就连健斗自己都陷入了自我怀疑的不安中。自己的内心深处，是不是真的存在与想要帮助外祖父有尊严地死去这个善念完全不同的另一种热情，而正是在这种热情的催动下，自己抛弃了感受到危险的真实想法，一心认定外祖父处在安全之中。

从浴池回到更衣的地方，战战兢兢擦身的健斗转到外祖父跟前时，外祖父开口说道："谢谢你今天救了我。"

外祖父的语气十分平稳，健斗停下了动作。

"我差点就死了。"

听到这句话，健斗在一叠半大的更衣空间里顿失平衡感，摇摇欲坠。

弄错了。

是自己想错了。

看着用不断恶化的身体奋力穿着贴身衣物的外祖父，健斗放下心来。这个把孙子绕得晕头转向的人，对生还怀有很大的执念。

这之后，外祖父也仍然没说过一句责怪健斗的话。

22

　　健斗在大号登山包和圆筒包等大包里装满了大件行李，中午过了，他马上要离家出远门。这时外祖父说要送他到车站，健斗没听。走路十分钟就能到的地方没道理要出动汽车。母亲抱怨着外祖父，说送到玄关就行，最后却还是取车去了。健斗和外祖父在斜坡附近等着，夏末的直射阳光倾注在两人身上，蝉鸣声吵得人提不起劲说话。

　　健斗被一家因为做假账导致业绩恶化已久的医疗器械制造企业的分公司雇用为业务员。这个职位和他一直备考的行政书士完全是不同的门类。这家企业向来不雇用三流大学出身的人，健斗能进到这里工作，显然有赖于在近几个月的生产性生活中培养起来的多种能力。上班的地方在茨城县的筑波高科技园区，公司宿舍在霞之浦附近，是一座钢筋水泥建造的公寓，叫阿见町，离上班的地方约有十公里。得到工作机会后，为在一个月内搬好家，健斗已经到那边去了两趟，为了下周开始的上班生活，健斗也已经在当地的汽车经销商那儿买了辆三十二万日元的二手车。

"我以后会感到寂寞的。"

开着空调的车正下着坡，坐在后座的外祖父对副驾驶座上的健斗嘟囔道。母亲和舅舅已经为外祖父预约了位于长崎县大村的一家养老院。那是家相对来说不怎么火爆的乡间养老院，然而即便如此，要进去也还得排队等个两三年。

"茨城还是挺近的，得空了记得回家看看。"

"不用记挂我，在那边好好工作。"

外祖父的话让健斗一时乱了阵脚。他想，外祖父一定是出于眼前的寂寞才说出了这种话。他是在虚张声势、以退为进呢，还是就像话里说的那样，希望自己不要记挂着他的去留，过好自己的生活呢？

"我现在得去茨城上班，但以后看东京总公司的安排，还有可能会回来。"

那时，外祖父可能还在世，等着排队进养老院。健斗无法想象外祖父要是死了会怎么样。一旦进了养老院，在专业的看护人员面面俱到的管理下，外祖父大概会在痛苦中体味必须活更久的地狱滋味。

"你母亲以后肯定更会生我的气了，盂兰盆节、年底和正月的时候你可得回来帮我拦着点啊。我会等你的。"

"坐电车也要不了多久，周末要有空的话就多回家吧。"

"不对，你也有自己的事，不回来也没什么。我自己的事情可以自己处理。"

到了车站前的转盘口，健斗站在车边，背起了所有的沉重行李。他微微弯下腰，看着驾驶席上的母亲和后座的外祖父说道："那我走了。"

"好，路上小心。"

电动拉门还没完全关上，车就启动了。外祖父和健斗一直透过侧窗和后窗挥着手，直到再也看不到对方。

健斗坐上新宿方向的京王相模原线，把沉重的行李放到最后一节车厢里靠着驾驶室的一角，向窗外眺望。对面车窗只能看见小山的斜坡和大片绿色，而健斗看着的这边却视野开阔，入眼的是有些年代的公寓和独门独院，还有远远飘在天边、看上去像是个巨大龟头的积雨云。澄澈的蓝天上，那些云飘忽不定，呈现出奇异的存在感。

对即将来临的、阔别了约一年之久的上班族生活，健斗内心还揣着不安。做假账的公司名下的这家分公司似乎离职率很高，不知道将近三十年来一直生长在东京西南部的自己，能不能在这片人生地不熟的新天地里顺风顺水地做下去。斜对面的座位上，一对与健斗差不多年纪的情侣正低声谈笑着。男的穿件麻料夹克，一眼就能看出质地不凡，女的一身立体剪裁的连衣裙。这对穿着高档、面容姣好的情侣像是高收入的年轻管理层，明朗的笑脸中透露出满满的自信。感受到自己与他们之间的差距，健斗移开目光，又看到了与自己差不多年纪的一对夫妻和他们的儿子，三口之家并排坐在座位上。挺着啤酒肚的丈夫安静稳重，给人一种早就看淡了俗世、了悟到要为别人而活的感觉。与他们相比，健斗感到快三十岁才又找到一份工作的自己实在是太不安稳了。他有种失去支撑、跌跌撞撞地走着、结果摔倒在地的感觉。健斗的目光忽然投向了坐在优先专座上的老人，之后才反应过来，发现自己是在寻找外祖父。周围全是让自己相形见绌的人。

电车行到多摩川，一些原本坐着的乘客都站起身，像健斗一样望向窗外。许是因为宽阔的河面上水流分散，河面各处都能看到沙石堆积而成的沙洲。河面上方的高空中飞着既非虫亦非鸟的什么东西。是螺旋桨飞机，应该是从附近的调布机场飞出来的塞斯纳飞机。在战后的掌权者由在日美军变为日本政府，东京都的变迁历程中，调布机场的存在意义被削弱，成了只有私人所有的塞斯纳飞机起飞和降落的业余机场。自健斗还不能独自坐电车的幼年时期起，在电车里用视线追逐塞斯纳飞机对他来说就是一件趣事，直到现在仍然如此。

积雨云正在飘近，几小时后的傍晚前就会覆盖到多摩高地住宅区上空。昏暗的房间里，气闷的外祖父大概又会念叨着想死了。健斗有些担心，在没了自己的家里，母亲能忍受外祖父的唠叨吗？

所有的事情都令健斗不安。

但是至少，现在的自己已经具备了在昼夜不辨的白色地狱中不断战斗的力量。是前人教导自己掌握了这种力量。在无力挣开一切的艰辛境地，能做的只有不断战斗。

塞斯纳飞机不断飞近，已经能看见它的螺旋桨，但不知何时却又隐入云中，消失在了视线之外。

不是后记的后记

——从芥川奖到羽田圭介

《颓败与重生》是 2015 年 7 月第 153 届芥川奖获奖作品，其作者羽田圭介生于 1985 年，获奖时仅 30 岁，是一位天才小说家。他的作品主题多变，涉猎广泛，字里行间透露出年轻人对当今社会的思考。在这篇文章中，笔者将与各位读者一起，探讨芥川奖的沿革及其对于日本文坛的意义，探讨羽田圭介与他的文学创作。

一、芥川奖的前世今生

（一）芥川奖的诞生与发展

"芥川奖"全名"芥川龙之介奖"，被称为日本文坛纯文学领域的"登龙门奖"。获得这一奖项，意味着作家从此在纯文学界有了举足轻重的地位，是一个标杆性的奖项。

芥川奖是日本作家菊池宽为纪念好友芥川龙之介而设置的。两人都曾就读于东京帝国大学（现东京大学）英文系，志同道合，是日本新思潮文学运动的主力军。1916年2月，芥川龙之介与菊池宽、久米正雄等人第四次复刊《新思潮》杂志，在创刊号上发表了短篇小说《鼻子》，深得夏目漱石的赞赏，他评价小说"十分有趣，首尾相顾，无戏谑之笔，却有滑稽之妙，不失上品"。这样的评价也道出了芥川龙之介小说的特色：幽默机智，借古讽今，辛辣、一针见血，又不失日本传统文学的细腻与严谨，对日本文学的发展有重要影响。然而，这样一位作家却在年仅35岁时留下一纸

"对于未来，我唯感茫然不安"的遗书，与世长辞。

对于好友之死，菊池宽深感悲痛与惋惜，写过多篇纪念性文章，并于1935年直木三十五去世后，在《文艺春秋》杂志的连载专栏《话的屑笼》中，写下了宣布设立文学奖以纪念两位好友的宣言，并阐明了奖项设立的宗旨与评选规则。宗旨为："一是为了纪念芥川龙之介和直木三十五两位作家；二是为了促进日本文学事业的繁荣发展。"评选规则为：一、芥川龙之介文学奖为个人奖，奖励发表在各报纸杂志（包括同人杂志）上的新晋作家创作的最优秀作品。二、芥川龙之介文学奖赠予获奖者奖品（OMEGA 怀表）和奖金500日元。三、芥川龙之介文学奖的审查评选由"芥川奖委员会"实施。委员会由与芥川生前关系密切并和本社有渊源的菊池宽、久米正雄、山本有三、佐藤春夫、谷崎润一郎、室生犀星、小岛政二郎、佐佐木茂索、龙井孝作、横光利一、川端康成（顺序不同）等人组成。四、芥川龙之介文学奖每六个月评选一次。没有合适的作品可空缺。五、芥川龙之介文学奖获奖者可在《文艺春秋》杂志上发表作品一篇。

这些规则，包括更多规定的细节基本沿用至今。比如，由于芥川奖是专门授予"新人"的文学奖，所以已经小有名气的作家基本不能入围。每次若有曾获得过其他文学奖项的佳作被推举为候选作品甚至获奖时，都会引发争议。这其中最为著名的当数大江健三郎。1957 年下半年的第 38 届芥川奖评选时，开高健与大江健三郎同时入围，最终开高健获奖。之后的半年，大江健三郎创作发表了《人羊》《他人的脚》《饲育》等重要作品，引起了社会的广泛关注，并最终凭借《饲育》获得了第 39 届芥川奖。对此，评审委员佐藤春夫讥讽道："芥川奖今后不再是文学新人的登龙门了，变成了巩固新人地位的工具。"

但无论如何，"文学新人"仍是芥川奖获奖者的主流，判断新人不以年龄计，只看作品，也是芥川奖一直以来的传统。以下列出的"芥川奖之最"，即最年轻与最年长的芥川奖获奖者，供各位读者参考。

最年轻获奖纪录

1 绵矢丽莎　　2003 年第 130 届　19 岁 11 个月

2 金原瞳　　　2003 年第 130 届　20 岁 5 个月

3 丸山健二　　1966 年第 56 届　　23 岁 0 个月

4 石原慎太郎　1955 年第 34 届　　23 岁 3 个月

5 大江健三郎　1958 年第 39 届　　23 岁 5 个月

6 平野启一郎　1998 年第 120 届　23 岁 6 个月

7 青山七惠　　2006 年第 136 届　23 岁 11 个月

8 村上龙　　　1976 年第 75 届　　24 岁 4 个月

最年长获奖纪录

1 黑田夏子　　2012 年第 148 届　75 岁 9 个月

2 森敦　　　　1973 年第 70 届　　61 岁 11 个月

3 三浦清宏　　1987 年第 98 届　　57 岁 4 个月

4 米谷文子　　1985 年第 94 届　　55 岁 2 个月

除此之外，同样沿袭至今的传统还有怀表，时至今日，OMEGA 怀表仍是芥川奖的"正赏"，即正式奖品，奖金只是其附属，目前为 100 万日元。当然，相较于奖品与奖金，芥川奖更重要的价值在于它给获奖者带来的多方面影响力，每位获得芥川奖的作家都会不同程度收获更多的社会关注，身价也水涨船高。羽田圭介即是这样一位作家。他虽年少成名，在年仅 17 岁时凭借《黑冷水》一举获得第 40 届文艺奖（2003 年），精装版卖了 75000 册，文库版卖了 30000 册，但那时他毕竟还只是一名在校高中生。《颓败与重生》甚至可以说是他作为职业作家的"重生"之作，作品获奖后，羽田圭介重新受到世人瞩目，接受大量采访，参加各种娱乐节目，并因为"犀利且毒舌"受到广泛关注。

再者，作为一个纯文学奖项，芥川奖对作品的关注点几乎从来都在"文学性"上。然而，文学作为上层建筑，不可能完全脱离社会基础，如诺贝尔文学奖一般，一部优秀的"纯文学"作品，往往也包含着作者对社会现实的深入思考。从第 1 届芥川奖获奖作品《苍氓》一直到这部《颓败与重生》，芥川奖从未脱离社会现实，毕竟，获奖者身处时代洪流之中，获奖作品也必须经受历史与现实的检验——这一点以前如此，现在如此，未来大概仍会如此。

　　（二）二战中的芥川奖

　　众所周知，20 世纪 30 年代是日本军国主义国家体制全面形成的年代。在那个时期，支持侵略战争、为侵略战争服务成为日本社会主流论调，文学也不例外。在国家全面展开对外侵略战争的同时，日本文坛也开始出现法西斯主义文学，并出现了"国家主义文学同盟"和"文艺恳话会"等法西斯文学团体，法西斯主义文学充斥报纸刊物，当时的"日本文艺家协会"还组建了"笔部队"，参加"笔部队"的作家们直接开赴侵略战争第一线，一大批"国策文学"作品由此诞生。"国策文学"是不折不扣的侵略战争文字武器，是侵略者对自身罪行的美化机器，是其妄图对被占领地区人民进行洗脑的宣传工具。

　　这一时期的日本"国策文学"是可悲的，是细腻、优美、历史悠久的传统日本文学的"大堕落"，"笔部队"中的作家也终将为历史和人民所抛弃。

在这样的历史大背景下，"芥川奖"可以说在一定程度上守住了文学的一方净土。

从时间上看，日本侵华战争始于1931年的九一八事变，终于1945年8月15日。而芥川奖创立于1935年，第1届的获奖作品是石川达三的小说《苍氓》，描写了日本移民在巴西的遭遇。这位作家还在南京大屠杀后来到南京，根据对日本士兵的采访，创作了《活着的士兵》，描写了战争体制是如何强制士兵进行非人性的行动的，侧面反映了日本士兵在南京犯下的滔天罪行。这部作品遭到了日本军部的查禁，也成为作家受军部牵制的"尾巴"，导致作家在这之后迫于压力，写下了肯定侵略战争的《武汉作战》。但是，石川达三终究是一位关注现实、对社会弊端进行毫不留情揭露的作家。战后，他重又回到自己的文学轨道上来，发表了如《风中芦苇》等反映战争给人民带来的苦难、战后日本人民争取独立、和平、民主的作品。他在《经验性小说论》中写道："身为一名作家，我的关注点几乎始终在于面对权力时，平民的抵抗。世间大众熟视无睹的事，我却无法沉默，试图发出抗议之声音。"

第2届芥川奖作品空缺。

第3届芥川奖的获奖作品为《柯夏玛因记》与《城外》，前者描述了日本民族对阿伊努族的血腥侵略，作者鹤田知曾是一名无产阶级作家，《柯夏玛因记》实际上也体现了对正在积极策划侵略战争的当局的抗议。而《城外》描写的是日本驻中国领事与中国女佣之间的"纯爱"故事，故事中并没有直接反映或间接映射"国策"，被评选委员会认定为"纯文学"作品。

第4届芥川奖获奖作品，一部为石川淳的《普贤》，讲述的是左翼运动在当局的严酷镇压下最终失败的故事，女主人公被比喻为在世的"普贤菩萨"，运动虽告失败，希望仍在。石川淳之后的反法西斯主义作品在侵华战争期间也遭到了当局的查禁，但这位作家的反叛精神却伴随了他一生。另一部获奖作品名为《地中海》，则是一部情节颇为曲折的爱情小说。

第5届芥川奖于1937年7月颁发，获奖作品是尾崎一雄的短篇小说集《舒畅眼镜》。这是一部私小说集，毋庸置疑是纯文学的，在当时侵华战争全面爆发的社会背景下，几乎有些逃避现实的意味，在纯文学界已经拥有一定影响力的芥川奖在此时颁发给这样一部作品，实际上也反映了奖项对战争，对所谓"国策文学"的疏而远之。

诸如此类，一直到1945年侵华战争结束（芥川奖共评选了20届），除了个别年份之外，芥川奖总体保持了奖项的清醒与独立。尤其是1944年，侵略战争正处在白热化时期，日本当局统合了全国的同人杂志，创办极右翼的《日本文学者》，文坛被战争主题作品占领。在这样的严峻社会形势下，芥川奖却颁给了清水基吉的《雁立》。这部作品虽然也涉及战争：作品的主人公"我"是一位被派往太平洋战场的青年士兵，但作品的故事主线却是"恋爱"，几乎对战争没有任何提及。"我"与初恋女友逢濑相遇于某俳句同人杂志的聚会，彼时逢濑已有婚约在身，但仍不顾一切地陷入对"我"的爱恋中。作品中，逢濑的"恋爱日记"占据了极大篇幅，其中尽是浪漫优美、唯有对深爱的恋人才能写出的语句。整部作品叙述方式清淡而忧伤，再加上作者清水基吉本人精通俳句，所以文笔韵律十分优美，获奖后，被誉为"文坛的一股清风"，"提醒身处战争中的世人那些几乎已被遗忘的人性之美好"，引起不小的震动。

当然，芥川奖也并非完全"出淤泥而不染"，它也曾颁给符合"国策文学"要求的作品。比如：1941年第13届芥川奖获奖作品，多田裕计的《长江三角洲》；1942年第16届芥川奖获奖作品，仓光俊夫的《联络员》；1943年第17届芥川奖获奖作品，石塚喜久三的《缠足的日子》；1944年第19届芥川奖获奖作品，八木义德的《刘广福》和小尾十三的《攀登》。

除此之外，芥川奖还曾颁发给后来成为臭名昭著的军旅作家的火野苇平。可以说，凭借《粪尿谭》获得芥川奖，是火野苇平受到军部重视，成为"国策文学"代表作家的契机。

1945 年，日本投降，芥川奖也暂停授奖。直到 1949 年，当军国主义思想在日本基本被肃清、民主主义开始兴起之后，芥川奖才又恢复授奖，一直延续至今。

（三）芥川奖作品在中国

一般认为，中国对日本文学的大规模译介，一次发生在"五四"运动前后，另一次则发生在 1978 年改革开放以后。"五四"时期，日本文学作品的主要译介者是鲁迅、郭沫若、周作人等大家。鲁迅和周作人还合译了《现代日本小说集》。这一时期，受到中国作家广泛关注的是追求人道主义、理想主义的白桦派作品，其中武者小路实笃的作品被译介的最多，这也是因为其精神内核与"五四精神"十分契合。

新中国成立后，首先受到重视的是日本的无产阶级文学，如小林多喜二、德永直、宫本百合子的作品。70年代初，三岛由纪夫的作品开始被作为军国主义的反面教材译介到中国。虽然1972年中日两国恢复邦交，但总体而言，这一时期中国作家对日本文学作品的译介屈指可数。直到1978年改革开放后，中国才又一次掀起了日本文学的翻译高峰。比如川端康成，在1978年之前，他的作品被译介到中国的仅有一篇《旅行者》（唯高明译），那还是1934年的事。而从1978年开始，《伊豆的舞女》《水月》《雪国》《古都》《千羽鹤》等作品被大规模译介至国内，并在中国的日本文学研究界掀起了研究热潮。

从那时开始，我国对日本文学的翻译范围越来越广，时效性也越来越强，尤其是一些受到广泛关注的作家作品，如曾获得诺贝尔文学奖的大江健三郎，语言文字十分优美但又富有争议的三岛由纪夫，近年来受到青年一代读者极大关注的村上春树，大众文学作家松本清张、渡边淳一、东野圭吾等，常常是其作品在日本刚一发表，国内很快就出版了中译本。

与上述作家作品相比，在日本国内极具影响力的芥川奖获奖作品在中国的译介却十分有限。首先，译介作品总体数量较少，截至 2017 年 6 月，芥川奖共评过 156 届，获奖作品多达 165 部，但译介到国内的仅有 39 部，还不到全部获奖作品的 1/4。其次，作品译介并不及时，许多作品是在作家有了一定的名气之后才被译介到国内的，比如柴田翔凭借《然而，我们的生活……》摘取芥川奖是在 1964 年，但是她这部作品的中文版在国内出版则是 2008 年的事了，并且还是因为该作品搭上了"青春文学"的顺风车。再次，2000 年以后，曾出现过一个小的芥川奖获奖作品译介高峰，几乎每年都有芥川奖作品的中文版在国内出版，但是持续时间并不长，作品的销售量也并不令人瞩目。到了 2010 年以后，对芥川奖作品的译介又逐渐"冷"了下来。

国内出版过中文版的芥川奖作品如下（按照获奖先后

顺序）：

火花 / 又吉直树著 / 毛丹青译 / 人民文学出版社 2017 年 /2015 年 153 届

春之庭院 / 柴崎友香著 / 黄碧君（台）译 / 联经（台）2015 年 /2014 年 151 届

穴 / 小山田浩子著 / 李俊增（台）译 / 凯特文化（台）2015 年 /2013 年 150 届

相食 / 田中慎弥著 / 上海译文出版社 2016 年 /2011 年 146 届

苦役列车 / 西村贤太著 / 武岳译 / 北京联合出版公司 2013 年 /2010 年 144 届

少女的告密 / 赤染晶子著 / 姚东敏译 / 上海文艺出版社 2014 年 /2010 年 143 届

最后的居所 / 矶崎宪一郎著 / 李征译 / 上海文艺出版社 2013 年 /2009 年 141 届

绿萝之舟 / 津村记久子著 / 叶蓉译 / 上海文艺出版社 2014 年 /2008 年 140 届

时光浸染 / 杨逸著 / 黄玉燕（台）译 / 大地（台）2009 年 /2008 年 139 届

乳与卵 / 川上未映子著 / 杨伟译 / 上海译文出版社 2009 年 /2007 年 138 届

后天的人／诹访哲史著／李征译／上海译文出版社 2011 年／2007 年 137 届

一个人的好天气／青山七惠著／竺家荣译／上海译文出版社 2007 年／2006 年 136 届

舍弃在八月的路上／伊藤たかみ著／王蕴洁（台）译／東販（台）2007 年／2006 年 135 届

在海上等你／丝山秋子著／郭清华译／上海译文出版社 2012 年／2005 年 134 届

泥土里的孩子／中村文则著／萧照芳（台）译／東販（台）2006 年／2005 年 133 届

好想踢你的背／绵矢丽莎著／周丹译／世界知识出版社 2006 年／2003 年 130 届

裂舌／金原瞳著／秦岚译／上海译文出版社 2009 年／2003 年 130 届

咸味兜风／大道珠贵等著／祝子平译／上海文艺出版社 2005 年／2002 年 128 届

同栖生活／吉田修一著／竺家荣译／上海人民出版社 2016 年／2002 年 127 届

家庭电影／柳美里著／于荣胜译／人民文学出版社 2006 年／1996 年 116 届

海峡之光／辻仁成著／雪蕻译／漓江出版社 2001 年／1996

年 116 届

踩蛇 / 川上弘美著 / 杨建琴译 / 南海出版公司 2011 年 /1996 年 115 届

踏蛇 / 川上弘美著 / 苏惠龄（台）译 / 麦田（台）2003 年 /1996 年 115 届

妊娠日历 / 小川洋子著 / 竺家荣译 / 中国文联出版社 2001 年；浙江文艺出版社 2014 年 /1990 年 104 届

表层生活 / 大冈玲著 / 兰明译 / 作家出版社 1991 年 /1989 年 102 届

长男出家 / 三浦清宏著 / 黄安茹（台）译 / 皇冠 1987 年 /1987 年 98 届

梦墙 / 加藤幸子著 / 彤彤译 / 东方出版社 2012 年 /1982 年 88 届

泥河·萤川 / 宫本辉著 / 袁美范译 / 上海译文出版社 2012 年 /1977 年 78 届

近似无限透明的蓝色 / 村上龙著 / 竺家荣译 / 珠海出版社 2002 年 /1976 年 75 届

接近无限透明的蓝 / 村上龙著 / 许柏玉（港）译 / 三久出版社（港）1996 年

无限近似于透明的蓝 / 村上龙著 / 张唯诚译 / 上海译文出版社 2006 年

接近无限透明的蓝/村上龙著/张致斌（台）译/大田出版有限公司 2008 年

岬/中上健次著/李征译/上海文艺出版社 2015 年 /1975年 74 届

岬/中上健次著/黄雅瑄（台）译/新雨（台）2007 年

夏流/丸山健二著/朱佩兰（台）译/纯文学出版社（台）1982 年 /1966 年 56 届

然而，我们的生活……/柴田翔等六人著/祝子平译/上海文艺出版社 2008 年 /1964 年 51 届

忍川/三浦哲郎著/谭晶华译/上海文艺出版社 2015 年 /1960 年 44 届

饲育（作品集：《死者的奢华》）/大江健三郎著/王中忱译/光明日报出版社 1995 年 /1958 年 39 届

国王的新衣/开高健著/石榴红文字工作坊（台）译/花田文化（台）1995 年 /1958 年 38 届

太阳的季节/石原慎太郎著/石榴红文字工作坊（台）译/花田文化（台）1995 年 /1955 年 34 届

白种人（收录于：《日本现代文学选读（下卷）》）/远藤周作著/于荣胜译/北京大学出版社 2006 年 /1955 年 33 届

某《小仓日记》传/松本清张著/左汉卿等 4 人译/人民文学出版社 2017 年 /1952 年 28 届

墙——S.卡尔玛的犯罪（收录于《安部公房文集—箱男卷》）/ 安部公房著 / 郑民钦、杨伟译 / 珠海出版社 1997 年 /1951 年 25 届

墙 / 安部公房著 / 林青华译 / 上海译文出版社 2017 年 /1951 年 25 届

猎枪·斗牛 / 井上靖著 / 海涛译 / 湖南人民出版社 1985 年 /1949 年 22 届

无论如何，芥川奖都是一个最有分量的纯文学奖项。有些获奖作品虽并未被译介至中国，但作家由此走上专业写作道路，其后创作出版的其他精彩作品被积极地译介过来。比如禅僧玄侑宗久，他所著的《禅的生活》于 2015 年经由施小炜（村上春树《1Q84》译者）的翻译在中国出版，成为畅销书。这位禅僧就是 2001 年第 125 届芥川奖得主，而"芥川奖得主"这几个字，无疑是他的金字招牌。

二、羽田圭介文学世界

（一）自律、坦率的作家

在"出道"13年后，羽田圭介终于凭借《颓败与重生》摘取了2015年第153届芥川奖的桂冠——或许从严格意义上来讲，他也并不算是彻底的"文学新人"。

的确，在凭借《黑冷水》一举成为当时获得文艺奖最年少的作家之后，羽田圭介继续他的学业，多年以后才转为专业作家。他是一位十分勤奋、自我要求严格、事事效率至上的人。幼年时曾险些丧身车轮，奇迹般地保住了性命，高中时期开始每天都要骑40公里的自行车，还曾立志当一名实业团的职业车手，甚至曾从东京骑行到过北海道。即便是在参加工作以后，他也十分注重锻炼，每天早上起床后都要测量体重与体脂率，坚持定时喝牛奶，骑自行车通勤（或许这样的生活经验正是其小说、第139届芥川奖入围作品《跑》的灵感来源）。

如今，羽田圭介已经不再像当年那样锻炼身体了，因为他找到了"更为高效"的方式：肌肉拉伸。他严格控制饮食，为了保持肌肉含量、控制体脂比，只吃营养价值高的食物，大量摄入动物蛋白，一天三顿饭都要吃自制的鸡肉火腿——因为反正每天都要吃，他还会一次性买4公斤鸡肉，统统做成火腿，需要时取出来直接就能吃。其重视效率的程度可见一斑。

　　他的母亲对他要求极为严格，从小学五年级起，母亲就要求他每日进行报纸专栏文章的大意概括训练。开始时难免写成流水账，但是经过不到两个月的训练，他就能够将篇幅颇为可观的专栏文章用四五行文字概括出来了。在文字方面，可以说羽田圭介极有天赋。

　　他高中毕业后考入日本明治大学商学院，并在毕业后过五关斩六将，成为日本超大企业三井物产的一名员工，一年半后却辞职做起了全职小说家。这些年来，他的确创作了很多出色的作品。13年中，他有三部作品受到芥川奖

提名：2008 年的《跑》、2009 年的《MEET THE BEAT》
和 2014 年的《新陈代谢》。还有获得 2012 年第 33 届野间
文艺新人奖提名的《我是……》，2013 年获得大薮春彦奖
提名的《被偷走的脸》等。如此努力、高产、才华横溢的他，
2015 年终于斩获芥川奖。

羽田圭介的可贵之处就在于此——勤奋与坚定，一路
艰辛，不断反思，不断改进，不断提升，最终创作出《颓
败与重生》。他曾说：

　　写《黑冷水》时，我还是一名狂妄的菜鸟，
偶然地应征新人奖，居然就获奖了。因为什么都
不懂，小说中充满了瑕疵。获奖后，负责评奖工
作的编辑还曾被媒体批评。从那以后，我开始慢
慢懂得了，小说原来应该是这样的、这样的，作
品中的瑕疵越来越少，获得的褒奖也越来越多。
　　同时，还有一些平日本不读书，但出于朋友
的立场，阅读我的作品、提出批评的人。他们说：

"看过你的新书了，但归根结底还是你的处女作《黑冷水》最有趣。"我想，友人的话大概不无道理。随着文章技巧越来越纯熟，那些在"文学"金字塔之外的人却有可能会越来越看不懂其中的世界。

——大约正是这样的思考使《颓败与重生》以语言朴实无华，但却细腻生动的面貌呈现在读者面前，这样的语言拉近了读者与作者之间的距离，也帮助读者能够更好地走进、理解作者通过一字一句搭建起来的文学世界。

羽田圭介可爱的坦诚态度不仅表现在作品中，也贯彻在他生活的各个方面。

为了宣传作品，无论到哪儿，他都会直率地开口请求"请来购买我的书吧"，还曾在某家书店摆放的100本《颓败与重生》上签上了自己的名字，说"这样一来就无法退货了，书店肯定会想方设法卖掉"。

摘取芥川奖后，羽田圭介在媒体上露脸的机会也越来越多，电视节目中的他更是十分坦诚，有时甚至有点"毒舌"。比如在某期节目中，他带了自己烤制的小饼干，说"为了换换心情，一次性做了很多，带来给大家尝尝"。然而，品尝到饼干的众人给出的评价却是"口味不算好也不算差，一般般吧"。羽田圭介于是脱口而出："都是节目组设计的，早知道不白费力气了"——搞得伶牙俐齿的主持人一时间也目瞪口呆。

这样的直白、坦率，以及冷幽默，现在已然成为羽田圭介的招牌。虽然有人评价他"这样随便地上娱乐节目是拉低了芥川奖的水准"，但更多的则是宽容，认为他"比艺人还要有趣"。

或许，这也是羽田圭介的一种实验：打破"纯文学"的"圈"，走到大众中间去。毕竟，只有这样才能知道大众的所思所想，纯文学虽是高山流水，但毕竟身在人间，万不能离开这些下里巴人。

（二）《颓败与重生》的文学世界

《颓败与重生》可以说是一部"家庭小说"，主人公是 28 岁的青年健斗和他 87 岁、日日念叨着"还不如早点死了的好"的外祖父。健斗辞职已有 7 个月，虽说也在看似积极地面试、准备行政书士考试，但实际上也懒懒散散，每天睡睡回笼觉，偶尔和女朋友约会，"生活节奏乱了套"，腰痛头也痛。

这样的健斗，是个孝顺子孙。

他想帮助外祖父实现"快点死"的愿望，又深知老人没有自己轻生的勇气，加上从自己的好友——护理行业从业者大辅那里听到的"专业建议"，决定另辟蹊径。他要给外祖父无微不至的"过度照料"，以此来悄无声息地剥夺外祖父的独立行动能力，并最终以精神上的虚弱"带动"肉体上的衰微，走向死亡。

外祖父到护理机构去接受康复护理时，健斗无事可做，仿佛"陷入了地狱"，为了从这种状态中脱身出来，他开始重拾训练：肌肉拉伸、跑步、俯卧撑、自重训练等。也正是在这个过程中，健斗终于发现了生命的力量所在，也看到了外祖父对痛感"现实而短浅的判断方法"，这种判断方法"有如兽类，令健斗感到可怕"。

在体育锻炼中恢复了良好体能的健斗，也"能够张弛有度地投入到学习中了"。高强度的肌肉训练间隙，健斗也曾有一瞬想偷懒，但马上"脑海里却浮现出偷懒到最后，连独立行走都无法办到的老人的样子"，于是继续训练，并坚持吃营养价值高，利于增肌减脂的食物，"心里满溢着讴歌生命的渴望"。

就这样全力为自己可能发生的未来做着准备的健斗，却无意间发现了外祖父的另一面：

有一次，健斗意外提前回家，"走过昏暗的过道，正准备打开起居室门的瞬间，只见一个小黑点从起居室全力跑向厨房"，身手"敏捷如夜行生物一般"。健斗无论如何都无法将这种情景与平时羸弱得甚至连走路都快要摔倒的外祖父联系在一起，只能觉得不可思议。原来外祖父"为了满足自己的欲望，竟然可以完成在冷冻比萨上摆蔬菜、用烤箱烤熟这种复杂的家务，还刻意给掩盖了起来"，在被健斗发现后，"外祖父缓慢而小心地沿着昏暗的过道走回自己的房间，拐杖声没有响起"。

又有一天，为了给外祖父庆祝 88 岁生日，健斗的姐姐带着 1 岁零 6 个月的小外甥一起来了，晚餐过程中，健斗发现，"原来外祖父其实抱得动孩子，还能不断逗弄他。虽说是婴儿，但长到一岁半的至少也有五六公斤重，看来外祖父的肌肉力量并不似自己印象中那么孱弱。"

更有甚者，当因为突发疾病被送到医院，在鬼门关转了一圈回来时，老人向健斗讲起了自己年轻时在特攻队开飞机的事，然而一段时间之后，健斗发现，那居然是老人在说谎。母亲告诉健斗："特攻？根本没那回事。他当时落选了，没去开飞机。真要说的话，在水户的时候，他倒是好像用高射炮打过敌机。"

健斗家的这位老人，始终生活在真实与伪装之间，但可以肯定的是，无论他再怎么说"想快点死"，其实内心都与健斗一样，"满溢着讴歌生命的渴望"。

　　处在"护理"与"被护理"两方的祖孙二人，实际上在进行一场微妙的心理攻防战，老人一面对自己的衰弱感到绝望，一面却又充满着生之渴望；健斗一面希望能遵从老人的"早死意愿"（其实是表层意愿，而非内心真实希求），一面又惊异于老人的内在生命力量。健斗一方面是不愿意看到自己有朝一日也会成为无力的老人，所以进行严酷的体能训练；另一方面却又无形中给了老人继续生存的精神支撑——这些严苛的锻炼，落在老人眼里会变成什么呢？

　　在故事的最后，健斗也从老人身上获取了战斗的力量。面对完全陌生的环境与工作内容，健斗感到不安，但是，"至少，现在的自己已经具备了在昼夜不辨的白色地狱中不断战斗的力量。是前人教导自己掌握了这种力量。在无力挣开一切的艰辛境地，能做的只有不断战斗"。

由此，或许我们可以得出以下结论：这部作品虽然坦率地（这也十分符合作家的性格）描写了护理者与被护理者的尴尬，描写了颓败与衰微，但仍不失为一部"重生"之作，重生的不只是健斗，也是健斗的外公——正所谓颓败中的重生。

　　与此同时，作品中还不乏对社会现实的关注。比如对拒付国民养老保险的描写：

　　　　健斗调到公共频道，里面报道了一则拒付国民养老金的人不断增加的新闻。新闻里说，与健斗同年代的二十来岁的人中，实际上有一半都没有缴纳国民养老保险费。……（中略）电视里，年老的专家正阐述着自己的见解，说是养老金系统出现漏洞，老年人的生活恐将无法继续维持现有状态。这意思就是说，为了照顾现在的老人，要让将来还不一定能领取养老金的年轻人自掏腰包，为老人缴纳保险费？

这么想着的健斗立刻涌上一股愤怒。……（中略）（他意识到）比起投票，不缴纳国民养老保险费这种政治性行为才会带来远甚得多的直接作用。

比如对日本护理业与社会老龄化的描写：

在收入不敌工作艰辛的护理行业，像大辅这样有四年以上工作经历的男性似乎十分稀有。

一旦进了养老院，在专业的看护人员面面俱到的管理下，外祖父大概会在痛苦中体味必须活更久的地狱滋味。

市中心以外的地方都是这样，养老产业取代了以前的房地产和道路建设。日本现在除了灾后修复，已经没有空地盖房了。然而老人却一直都有，还在不断增加。

的确，社会现实是严酷的，老年人照护问题已经成为困扰日本社会、影响日本经济发展的重要课题。纵然日本护理事业的发达程度排在世界前列，然而相对于不断增长的老人，无论是护理人员还是护理机构都严重不足。书中，健斗母亲"强迫老人自力更生"的做法是明智的，培养老人的自理能力，不仅是帮助老人，更是帮助自己——安倍晋三将"零照护失业"列入其执政期间的三大目标之一，就是因为太多人要全力照顾老人不得已辞去工作。

承认现实、面对现实，以现实可操作的方法改善现实，只有这样，才能在"颓败"中看到"重生"的希望。

（三）何去何从

其实，在《颓败与重生》获芥川奖之前，羽田圭介刚刚创作完成了一部全新的长篇作品：《死之上下文》（*CONTEXT OF THE DEAD*）。这是一部"僵尸小说"，作品中所描述的"僵尸"也就是我们平时在电影中看到的那种僵尸，皮肤苍白发青、动作僵硬迟钝，虽有人之形态，却无人之意志，只有当大脑被破坏掉之后才能被消灭。小说中也屡次提到了著名恐怖电影导演乔治·A.罗梅罗的《活死人之夜》等僵尸电影，血腥的杀戮、令人捏一把汗的场景也随处可见，可谓极大地迎合了读者的胃口。

但最为有趣的是，小说中的登场人物大多为作家、预备作家、文学编辑或者其他出版界人物等，也就是说，是"纯文学圈"中的人物。这部规模庞大的长篇作品，同时可以称作一部"揭露文坛内幕"的作品。

小说的主人公叫K（与"圭介"KEISUKE的首字母相同，让人不禁联想到是否代表作家自己），他十年前曾获得文学新人奖，之后也曾发表过一些作品，但最近却灵感全无，什么也写不出来了。就在这时，为了补上文艺杂志的"缺"而创作的僵尸小说却意外受到读者的欢迎，由此再次一举成为畅销书作家。除了K之外，小说中还描写了与K一同出道，十年间却只创作出三部作品，目前凭着一副天生好皮囊活跃在媒体视野中，但却对自己的生存方式充满困惑的海东理江；明知自己才华有限，莫说给公司创收了，简

186

直就是赤裸裸的赤字制造者的、K的编辑须贺；住在长崎老家，一边打工一边积极准备在文坛出道、积极应征各种文学新人奖，却没什么收获，正在考虑自费出版作品的预备作家南云晶等。甚至还有夏目漱石等文豪，他们也变成了僵尸"起死回生"。

那么，羽田圭介创作这样一部小说究竟所为何事呢？作家自己的说法是：

（在怀才不遇的）波澜不惊的日子里，为了换换心情，我看了许多僵尸电影。

看了几十部之后，我逐渐感觉到这些"僵尸电影"好像与某些东西非常相似——直到某一天我突然意识到，原来，那就是我赖以生存的纯文学世界。与纯文学作品一样，僵尸电影中也有好有坏，有趣味横生的，也有枯燥无味的。

（僵尸电影是有套路的）很多僵尸片都仅仅是按照"被僵尸咬了以后就会变成僵尸，人类之间出现同伴分裂"的套路简单地展开，并没有什么引人深思的东西。当然，原本就对这一类电影感兴趣的观众可能也会看，但是对于那些原本没什么兴趣的人而言，这样的电影是没有吸引力的，因为它无法传达给观众"僵尸电影"的精髓所在。纯文学也是如此。

如果按照严格的技巧、套路进行创作的话，就难免会拒普通读者于千里之外。

这样的现象其实在各个领域都存在。比如，如果一个人穿着业界最时尚的装束走在大街上的话，就会被路人当作怪物；年轻人之间说"年轻人语言"，能迅速拉近彼此之间的距离，但是对其他年龄段的人而言却是不知所云。

纯文学也一样，从业者之间存在一种难以言说的默契，这种默契是难以为"圈外人"所理解的。我由此感到一种危机感，将这种危机感与"僵尸"结合，《死之上下文》才得以诞生。

的确，我们可以将作品题目中的"上下文"理解为（某个圈子内部的）"默契"，这种"上下文"是封闭的、排他的、狭隘的，要想在这种"上下文"中生存，就必须遵照这种"默契"，按照套路、墨守成规。小说中出现的"僵尸"，或许正是在映射这种僵化的、要求个体与大环境紧密保持一致的体制。

虽然小说揭露了文坛——或许还是日本社会——的问题所在，但并非一味地批判。因为在小说的最后，主人公K自己主动去给僵尸咬，"自觉地"变成了僵尸。这又在提示我们什么呢？ K 在最后终于顺从了"上下文"的要求吗？还是另有所图？

谜底，有兴趣的读者可以从羽田圭介的下一本书中找出来。

赵婕

创美工厂出品

出 品 人：许　永
责任编辑：许宗华
特约编辑：云泽晨
营销编辑：王佩佩
责任校对：雷存卿
版权编辑：杨　博
装帧设计：海　云
内文制作：宁　琪
责任印制：梁建国 潘雪玲
发行总监：田峰峥

投稿信箱：cmsdbj@163.com
发　　行：北京创美汇品图书有限公司
发行热线：010-53017389　59799930

创美工厂　　　　创美工厂
微信公众平台　　官方微博